ビギナーズ・クラシックス 中国の古典

西遊記

武田雅哉＝編

はじめに

サルの孫悟空とブタの猪八戒、それに沙悟浄をお供にし、白馬に乗ってインドにお経を求める旅に出た三蔵法師。その三蔵を襲う妖怪たちとくりひろげられる戦いの物語。――『西遊記』は、ごく簡単にいえばそんな内容のお話ですが、子供むけのお伽話だと思っている人はいませんか？　まあ、サルやブタが人のことばをしゃべるのですから、荒唐無稽なお話ではあるのですが、『西遊記』は、子供のために書かれたものというわけではありません。

七世紀の中国に実在した三蔵法師という仏僧が、お経の原典を手に入れるために、長い年月をかけてインドに旅をしました。その史実をもとにしながらも、実際の三蔵法師とはまったく関係のない、だけどおもしろそうな話をくっつけたり、あるいは想像力を駆使して、おもしろそうなエピソードをでっちあげたりして、何世代にもわたる多くの中国人が、何百年もかけて作り上げてきたのが、『西遊記』という小説です。

おさないころに、絵本やマンガや子供むきに書かれたものを読んで、だいたいのストーリーは知っているから、『西遊記』は、もう卒業している。だから、いまさらあらためて読みなおす必要もないだろう。そう思い込んでいる人がいたとしたら、それは、とんでもない大損をしていることになるでしょう。『西遊記』は、そもそも児童文学などというジャンルの存在しない時代に、大人が読むために書かれたものです。だから、大人になったいま、もういちど読み返してみてはどうでしょうか。

もちろんこの小さな一冊では、『西遊記』という大きな作品の内容も、魅力も、秘密も、そのすべてを語り尽くすことは、とうていできません。興味を抱いたかたは、巻末にかかげたブックガイドから適宜手に取って、それぞれの好奇心のおもむくままに、想像力を飛翔させていただければと思います。

『西遊記』にまったく触れたことのない人も、なんとなく知っている人も、はたまたひととおり読み通したことのある人も、いまいちど『西遊記』のビギナーとして、本書をきっかけに、あらためてこの門をくぐってみてください。そして、もし興味が湧いたら、全訳に挑戦してほしいと思います。

目次

第五部　天竺は、すぐそこだ……323

コラム

解　説

白話小説と『西遊記』

中国の明代から清代、西暦でいうと十四世紀から二十世紀にかけて、中国では「白話小説」と呼ばれるものが大量に書かれ、出版された。これは、口語を基調とした文体の通俗小説のことである。明代に書かれた『三国志演義』『水滸伝』『西遊記』『金瓶梅』などは、日本でもよく知られており、「四大奇書」と総称されることもある。

また、『西遊記』のような、神仙や妖魔が戦いを繰り広げるものを、中国文学史の用語では「神怪小説」「神魔小説」などと称することもある。明代の『封神演義』『三宝太監西洋記通俗演義』（『西洋記』）などがそうである。『西遊記』は、まさしくそんなジャンルの走りであるといえるだろう。

『西遊記』は、七世紀、唐の時代に実在した三蔵法師のインドへの旅をモチーフとした長篇小説である。そして、この本で紹介する『西遊記』のあらすじと現代語訳は、おもに十六世紀末に南京の世徳堂という書店から刊行された『西遊記』のテキストに拠っている。中国では明という王朝の末期にあたるので、この本を明刊本『西遊記』と呼んでおこう。そもそも『西遊記』は、ひとりの「小説家」が、オリジナルの作品として執筆したわけではない。史実の三蔵法師による偉業から、明刊本『西遊記』が世に出るまでには、千年ちかい時間がかかっている。その経緯について、簡単ではあるが、お話ししておこう。

玄奘三蔵の大旅行

ことの発端は、七世紀、中国の唐代におこなわれた、三蔵法師玄奘による命がけのインドへの旅であった。三蔵法師は俗名を陳褘といい、法名は玄奘。三蔵法師は尊称である。西暦六〇二年（隋・仁寿二年）に生まれ、六六四年（唐・麟徳元年）に亡くなったとされる。仏教を正しく研究するためには、原典にあたらなければならないと考えたかれは、六二九年（貞観三年）、インドへの旅を決行した。国に出国の許可を求めたのだが、許可がおりなかったため、国禁を犯しての旅となった。やがてヴァルダナ朝のインドに到着した玄奘は、ナーランダ僧院において学び、十六年後の六四五年

（貞観十九年）、六五七部の経典とともに長安に帰り着いた。

帰国した玄奘を、ときの皇帝太宗（李世民）は、とがめることなく受け入れ、仏典を中国語に翻訳する事業を許可するとともに、旅で見聞したものを記録するよう命じた。玄奘は、旅の経緯を口述し、弟子の弁機がこれを記録した。こうして貞観二十年（六四六）に完成したのが地理書『大唐西域記』である。

『大唐西域記』には、玄奘がみずからおもむいた国や、伝聞で知りえた国の地理、歴史、風俗習慣、物産、言語などの膨大な情報が、詳細に紹介されている。あくまでもノンフィクションとして書かれているので、ものをしゃべるサルやらブタやらのたぐいは出てこないが、各地で聞き及んだとおぼしき民話や伝説が、ふんだんに盛りこまれていて、『西遊記』の形成に多くの材料を提供したであろう。

もう一つ、玄奘の伝記には、弟子の慧立らが綴った『大唐大慈恩寺三蔵法師伝』（六八八）がある。こちらは、『大唐西域記』にくらべるならば、読み物としては、はるかにおもしろいだろう。全十巻のうち、前半の五巻がインドへの旅、後半の五巻が帰国後の仏典翻訳作業の経緯になっている。これには不思議なエピソードがいくつも引かれていて、伝記とはいえ、創作意識がうかがえる。これが玄奘その人の口述によるものだとしたら、三蔵法師の取経物語、すなわち、のちの『西遊記』物語を、荒唐無稽な方向に進ませた責任の一端は、そもそも本人が負うべきものであったといえるかもしれない。

壁画に描かれた取経僧

明刊本『西遊記』が完成する以前、三蔵法師らしい取経僧の絵が、いくつも描かれていたと思われる。

甘粛省、敦煌の石窟寺院、莫高窟には、行脚僧を描いた壁画がいくつかみいだされるが、虎のお供を連れている僧の像が見える。やはり甘粛省安西（瓜州）の楡林窟には、サルの頭をした男をお供にしたがえた取経僧が描かれている。これらのモデルは玄奘であるともいわれる。同じく安西の東千仏洞には、十二世紀に描かれたものと思われる「玄奘取経図」があり、その玄奘もサルふうの顔をした男を伴っている。

十三世紀、南宋の張世南『游宦紀聞』に引かれている詩には、「幾生か三蔵、西天に往く」（幾生三蔵往西天）、「苦海の波の中、猴は行きて復る」（苦海波中猴行復）などとある。何度も転生を重ねた三蔵法師が天竺にお経を取りにいき、不思議な力を持ったサルが海上を往還したことを想わせる文言が見えていて、そのようなはなしが玄奘の取経譚を構成する主要な場面として物語られていたらしい。

さらにまた、福建省泉州には、唐代の創建になる開元寺が現存しているが、その境内にそびえる、十三世紀に建立された仁寿塔（西塔）と呼ばれる石塔の第四層の南面には、仏教に熱心だったことで知られる梁初代皇帝の「梁武帝」と、「唐三蔵」つまり三蔵法師の像が向かいあう形で彫刻され、同じく第四層の東北面には、刀剣をかまえたサルの武人「猴行者」と龍の化身「東海火龍太子」のレリーフが造形されている。

楡林窟に描かれた「取経僧」

開元寺仁寿塔の「猴行者」のレリーフ
（ともに、画像提供：ユニフォトプレス）

このように、七世紀の三蔵法師による西天取経の旅という「史実」は、その直後から、奇譚を求めたがる人びとの情念によって、枝葉がのび、尾ひれがつき、われわれがいま『西遊記』と呼んでいる、全百回にもなる長い長い物語の完成を目指して、少しずつ歩みはじめたのであった。

『大唐三蔵取経詩話』――物語られる三蔵法師

このような三蔵法師にまつわる資料をもとにして、玄奘三蔵のインド旅行を題材に、荒唐無稽な物語をつくりあげ、またこれを、都市の盛り場に設けられた寄席などで物語る人びとが、やがて現われたようだ。そのような語り物のテキストとして残っているのが、宋代に刊行された『大唐三蔵取経詩話』(以降『取経詩話』とする)である。長い物語ができる前に、まずは短い物語が作られていたであろうことは想像にかたくないが、その現存するもっとも古い姿が、この『取経詩話』だ。成立年代をめぐっては諸説となえられているが、一般に南宋といわれている。『西遊記』の前身、原型であるといってよいだろう。

『取経詩話』の舞台は、七世紀の唐太宗ではなく、八世紀の明皇(唐玄宗)の御代ということになっている。いずれにせよ、この短い西天取経の物語には、のちの『西遊記』物語において主要なエピソードとなっているものの萌芽がうかがえる。ただし、三蔵には、猴行者というサルはいるが、八戒と悟浄はいない。

その第三章においては、行者が空を飛ぶことによって、法師たちを運んだことが書かれている。第六章には、野火が燃えさかる土地が描かれているが、これは明刊本『西遊記』の火焔山をめぐる攻防の物語（第五十九回）に発展するのであろうか。美女に変身して近づこうとする白虎の妖怪も登場するが、これは屍魔（白骨夫人、第二十七回）を連想させるし、敵の腹のなかから攻撃するモチーフは、鉄扇公主（第五十九回）はじめ、悟空がしばしば用いる戦法である。第八章は欠けてはいるものの、沙悟浄の前身ともいえる深沙神が出てくるので、『西遊記』物語の成立史のうえで、ことさらに注目されている部分である。前世の三蔵を二度にわたって食ってきたという深沙神は、今回は取経僧を助け、砂漠に金の橋を架けて通してやる。第九章に見える鬼子母神のイメージは、鉄扇公主になったとも考えられている。第十章の「女人国」のくだりは、明刊本『西遊記』になると、「西梁女人国」（第五十四回）に発展するが、三蔵と八戒が妊娠するエピソードを思わせるものは、まだカケラもない。第十一章の西王母の桃を盗むはなしもまた、たいへん興味深い展開なので、よく研究の俎上に載せられるところだ。三蔵法師ともあろうものが、桃の盗み食いを行者にそそのかすという、聖僧にあるまじき言動をなし、行者がそれを断わるという、二人の関係性がおもしろい。

このように、『取経詩話』は、きわめて短い単純な物語であるとはいえ、『大唐西域記』や『大唐大慈恩寺三蔵法師伝』などを基本的な取材源としながらも、民間に流布していた、本来は三蔵とは無関係であったさまざまな伝説をも取り入れた作品であったといえるだろう。

モンゴル時代の『西遊記』

宋につづいて、中国全土を支配した北方のモンゴル族は、元という王朝を立てる。どうやらこのころには、『取経詩話』からはかなり進化した、そして、いま読まれている『西遊記』のストーリーにかなり近いものが完成していたようである。「ようである」というのは、現物が残っていないからだ。そのおもかげは、『朴通事諺解』という、朝鮮で作られた本にのぞくことができる。これは、元末に成った『朴通事』という中国語の会話教科書に、一四四六年に公布された諺文すなわちハングルによる音の注解（諺解）がほどこされたものである。そのなかに、『西遊記』などの小説本を買う場面のスキットがあるのだ。おおよそ次のようなものである。

甲「わたしたち、部前に本を買いにいきましょう」
乙「なんの本を買いますか？」
甲「『趙太祖飛龍記』と『唐三蔵西遊記』を買うつもりです」
乙「本を買うのなら、四書六経を買えばいいのに。聖人孔子様の本を読めば、かならずや周公の理念に達しますよ。どうしてそんな平話を買うのですか？」
甲「『西遊記』は、たのしいです。ムシャクシャしたときに読めば、スカッとします！」

教科書に使われるくらいだから、「読んでスカッとする『西遊記』」は、だれもが認めるところであったのだろう。「部前」というのは北京の礼部門前のことで、科挙試験がおこなわれる時期には受験参考書を売る書店が櫛比していたらしい。さらにこの本には、『西遊記』のあらすじが中国語で紹介されているのだ。ただしこの注のほうは、本文よりあとにつけられたものであるから、元代の『西遊記』物語の内容を直接反映したものではないかもしれない。とはいえ、宋代の『取経詩話』以降、『西遊記』物語の完成形といえる世徳堂本以前に存在していたらしい、両者の過渡期に属する『西遊記』物語のあらましが想像できる。

……唐太宗は玄奘法師に勅命を下し、西天取経に往かせました。途中でこの山（ここでは花果山になっている）にさしかかり、見ると、サルの精が岩のはざまに押しつぶされているではありませんか。玄奘は、仏さまによる封じの文字を取りはらって、サルをそこから出してやり、弟子にして、「吾空」という法名をあたえました。また改号して「孫行者」とし、「沙和尚」および黒ブタの精の「朱八戒」をともなって進みました。かれらは道みち妖怪どもをやっつけながら、師匠を危険から救いましたが、それもひとえに、孫行者の神通力のおかげなのでした。法師は西天にいたって経三蔵をさずかり、東の地にもどりました。

これはその一部だが、引用された、わりと長いあらすじ紹介を読むかぎりでは、現存する明刊本『西遊記』と、かなり近いストーリーであったらしいことがわかる。ただしここに引いた弟子の名前は、孫吾空・沙和尚・朱八戒となっている。この順番が登場の順序をそのまま反映しているのだとしたら、和尚（悟浄）と八戒は転倒していたことになり、沙悟浄が二番弟子、八戒は三番弟子であったということになる。

また、小説ではないが、元末明初の楊景賢が『西遊記雑劇』という演劇の脚本を書いている。明刊本よりも古い『西遊記』物語を反映していると思われるため、『西遊記』発展史の史料としては重要である。

明代『西遊記』の完成——世徳堂本と李卓吾本

次なる王朝の明になり、万暦二十年（一五九二）、金陵（南京）の世徳堂という書肆から『新刻出像官板大字西遊記』と題する二十巻の「百回本」が刊行された。これこそは現存する、もっとも古い百回本『西遊記』である。人気の出た小説本はすぐに売れてしまい、書店の店頭からも消え、作品がおもしろければなおのこと、読みつぶされていく。世徳堂本『西遊記』は、いまのところ世界に四種類しか確認されていないが、そのすべてが日本で発見されたものである。うち一種は、現在、台湾の故宮(こきゅう)博物院に、あとの三種は日本にある。

それからややおくれて、十七世紀前半に刊行されたと思われるのが、『李卓吾(りたくご)先生批評西遊記』と題されるものである。「童心説」をかかげて、伝統的な儒教思想と士大夫(したいふ)階級の偽善を、痛烈かつ過激に批判してやまなかった李卓吾の思想は、危険思想とみなされ、また流行にもなり、信奉者も生んだ。このタイトルは「あの李卓吾先生によるコメント付きの『西遊記』だよ！」というわけだが、これは、そんな李卓吾の名声を借りた偽りのタイトルであり、コメントは、べつの誰かがつけたものであろう。「李卓吾先生批評」と銘打つ書物はいくつもあり、『水滸伝』『三国志』などについても、同様のタイトルを持つものが刊行されていた。そして、そんな李卓吾の勇名、もしくは悪名も、明代末期に革命的な発展を遂げた印刷出版文化によって、いやがうえにも高みに登らされたようだ。

他に、短い『西遊記』も刊行されていた。おもなものに、朱鼎臣(しゅていしん)編『唐三蔵西遊釈厄伝』全十巻六十七則と楊至和(ようしわ)編『唐三蔵出身全伝』全四巻四十則がある。両者に共通する特徴は、全ページ挿絵入りということだ。このような形式は「全相本(ぜんそうぼん)」と呼ばれているが、元以来、たいへん流行した。これら短い『西遊記』については、百回本の前身なのか、それとも百回本のダイジェスト版なのかという前後関係をめぐる問題が、『西遊記』成立史の大きなテーマとして、ながらく議論されてきた。だが、本書の読者にとって、これらの短い『西遊記』本は、これから『西遊記』の研究をこころざそうというかた以外には、おそらく縁はないだろう。

清代のすっきりした『西遊記』

　こうしてもっとも長い明刊本『西遊記』が世に出たのだが、清代になると、さらなるダイジェスト版が刊行されるようになる。ダイジェストとはいえ、楊至和本や朱鼎臣本のように極端に短いものではなく、明刊本の煩雑、猥雑な表現を削除し、書き変えるという方針に基づいた改訂版である。このような改訂版の刊行は、中国の明清小説の成立と発展の過程においては、しばしば見られる現象だ。

　清代『西遊記』の早いものは、康熙二年（一六六三）の汪淇・黄周星の編および評になる『西遊証道書』だが、作者を元代初頭の道士、長春真人丘処機としてある。文章は簡略化され、挿入されていた詩詞が削除されている。丘処機（一一四八～一二二七）は、その晩年、西アジアに遠征していたチンギス・ハンの招きに応じて、西域への旅行を敢行した。その経緯は弟子の李志常が綴った『長春真人西遊記』に記録されている。

もっとも重要なのは、康熙三十五年（一六九六）の序を持つ『西遊真詮』だろう。明刊本の煩雑かつ猥雑な表現を削除した、通読に堪えるこの改訂版は、広く読まれ、日本人にも長いあいだ読まれてきた、太田辰夫・鳥居久靖訳『西遊記』（平凡社）は、『西遊真詮』の翻訳である。

「小説」を書いた人

『西遊記』の作者について説明する前に、中国における「小説」なるものの意味について、簡単に触れておきたい。たとえばいま、「知っている中国の古代の詩人の名をあげてください」といわれたら、李白や杜甫、李商隠や李賀、蘇軾や陶淵明と、高校の漢文の教科書に出てきたような、日本でもわりと人気のある何人かの詩人の名前が、口をついて出てくるだろう。では、「中国古代の小説の作者の名をあげてください」といわれたら、だれの名が浮かんでくるだろう？　近代以降ならば、魯迅とか老舎とか、何人かの「小説家」の名前があげられるかもしれないが、古典小説についてはどうだろうか。そもそも、詩と小説は、なにがちがうのだろう。

詩を作る技術は、文人が習得しておくべき学芸である。それは、科挙制度により選抜される文人官僚によって支えられた政治体制のなかで生きるための、重要な技術でもあった。中国では、詩は韻文で綴られるがゆえに高級な文学であり、口語で綴られた小説は下級に属するのである。詩をひねり出すことは、士大夫として必須の技能であったし、優れた詩を書くことは、文人として誇るべきことであった。科挙の受験に失敗して、官吏の道をあきらめた多くの明代の知識人のなかには、小説を書く仕事に従事したものがいた。かれらは小説ごときものを、たてまえとしては下賤の仕事とみなし、本名を明らかにすることをはばかった。そのため、古典小説の作者名は、おおむねペンネームである。しばしば名前を掲げている者も、むしろ出版商を兼ねた編者であることが多い。似たような情況は、元の時代にもあった。元朝においては科挙が一時廃止されたため、受験勉強にいそしんでいた文人たちは、科挙によって出世するという道を失う。そのためかれらは、芝居の脚本を書くのに走った。元曲と呼ばれる当時の演劇が大隆盛を誇ったのには、そのような背景もあった。だが、演劇の脚本は、詩と同様に韻文であるという意味で、小説よりはランクが上である。元曲の作者は、おおむね本名を明らかにしている。

『西遊記』はだれが書いたのか

街の本屋に行って、絵本や子供むけに翻訳された『西遊記』の本を手に取ってみよう。その多くが、作者として「呉承恩(ごしょうおん)」の三文字を印刷しているかもしれない。だが、近年の、ちゃんとした研究者が翻訳したもの、たとえば清代の『西遊真詮』によった平凡社版や、明代の李卓吾本によった岩波文庫版は、いずれも作者名を明記していない。その理由の詳細は、それぞれの「解説」に明らかだが、ここでは簡単に説明しておく。

世徳堂本、李卓吾本など主要な明刊本には、いずれも作者の名前が明記されてはいない。世徳堂本『西遊記』に序を綴った陳元之(ちんげんし)は、「『西遊』の一書は、だれが書いたのかわからない」としている。ただいま流布している呉承恩説は、二十世紀の初頭になって中国小説史の本格的な研究が始まったころ、胡適(こてき)という学者が「西遊記考証」(一九二三)でとなえ、魯迅が『中国小説史略』(一九二四)において同意して以来、ひろまったものだ。

呉承恩（一五〇〇?～一五八二?）という人物は実在した。四十四歳で歳貢生に選ばれ、六十一歳で長興県の県丞という役職に就いたが、六十七歳で任を辞して故郷の淮安に帰り、万暦十年、八十三歳の高齢で世を去ったという。

呉が作者であるという説は、十七世紀初頭に作られた『天啓淮安府志』に見える一文を根拠としている。淮安というのは江蘇省の都市で、『淮安府志』はその地誌であるが、地元の名士の著作を列挙した巻十九「芸文志」には、確かに「呉承恩『射陽集』四冊□巻『春秋列伝序』『西遊記』」と書かれている。呉承恩作者説の最大の根拠は、この一文である。詳しい説明は避けるが、これがあの小説『西遊記』を指していると考えるのは、根拠がきわめて薄弱なのだ。清初の黄虞稷『千頃堂書目』巻八「史部・輿地類」にも「呉承恩『西遊記』」と見える。「輿地類」とは地理の書である。呉承恩に『西遊記』と題された著作があったとしても、われわれが知っている小説『西遊記』ではなく、ただの西方への旅行記かもしれない。また、地元の名士たる文人の著作リストに「小説」ごときものの書名を掲げることも不自然であろう。それでも、特に中国の研究者のあいだにおいて、呉承恩作者説は、いまだ完全には否定されていないようだ。さらなる証拠の発見と考証が展開されることで、この問題の白黒はいずれはっきりしていくことだろう。

この本の翻訳について

冒頭でも書いたように、本書で紹介する『西遊記』のあらすじと現代語訳は、十六世紀末に南京の世徳堂から刊行された『西遊記』のテキストをもとにしている。もちろん本書の目的は、「ビギナーズ」に、これを最初の足がかりとして、『西遊記』という作品に関心を抱いてもらい、いずれは全訳を読んでもらうことにあり、これで事足れりと満足してもらうことでは、さらさらない。巻末のブックガイドには、全訳抄訳を含めていくつかを紹介しておいた。

白話小説は、会話文と地の文でストーリーが進んでいくが、しばしば韻文で書かれた「詩」や「詞」が挿入されている。本書の第一回で訳出したものを例にとるならば、「風が吹いたら身を隠し……」で始まっているものが詩であり、原文は、五字からなる八句で構成されている五言律詩である。詩は五字や七字と句の字数をそろえている。また、「かさなる苔(こけ)は翠(みどり)なし……」で始まっているものが詞であり、原文は長短の句が並んでいるもので、字数と構成によって、さまざまな形式が定められている。

もともと語り物の形式から発展していった白話小説だが、中国でも世界でも、語り物演芸は、散文による語りと韻文による歌唱が交互に出現するのが一般的だ。日本の浪曲などを思いだしていただきたい。白話小説の詩詞は、韻文による歌唱の名残りであろう。また、対句になっている各回のタイトルは、忠実な訓読をしてはいない。

文中の詩詞、タイトルいずれも、ある種のマニエリスムであり、しばしば深遠な意味がこめられてはいるのだが、読み飛ばしても、ストーリーの理解に支障はないだろう。これらを律義に漢文訓読しても、そのままではすんなり頭に入ってこないであろうから、本書では意訳に努め、なるべく字数や音数をそろえてみた。声に出してお読みいただけたら幸いである。

第一部　すごいおサルが生まれたぞ

第一～二回　花果山に石ザル誕生す

第一回　霊根は育孕れて源流が出づること　心性は修持して大道が生ずること

宇宙が誕生したころ、ぐちゃぐちゃ、とろとろだった世界は、次第にかたまって四つの大陸を形成した。東勝神洲、西牛貨洲、南贍部洲、北倶盧洲である。その東勝神洲の東の端に敖来という国があり、花果山という山があった。花果山のてっぺんにはひとつの石があった。長い年月が流れ、天地の精気を吸ったその石から、あるとき一匹のサルが生まれた。

花果山のサルたちは山の奥に大きな滝を見つけ、滝壺のなかに跳びこんで無事に出てきた者を王にしようと相談する。するとあの石ザルが飛び出てきて、「おれがやってやる！」と叫んだのだった。

ごらんなさい！　石ザルは、目を閉じて身をかがめると、エイッとばかりに滝壺のなかに跳びこんでいきました。おそるおそる目をあけ、こうべをもたげて見わたすと、なんとそこには水も波もありません。ただはっきりと見えたのは、そこにかかっている一本の鉄の板でできた橋でした。橋の下を流れる水は、石の穴を貫いてほとばしり、真っ逆さまに滝となって流れ落ち、橋のたもとをふさいでいるのでした。さらに、ひょいと橋の奥のほうに跳んでいき、また見てみると、どうやら人が住んでいたようで、なかなか居心地がよさそうです。さてもそのさまは——

〽かさなる苔（こけ）は翠（みどり）なし
雲は真白き玉（ぎょく）のごと
煙霞（えんか）を照らす光は揺れて
虚空（こくう）の窓辺に人影（かげ）は無し

腰掛け艶(つや)やか浮き出る模様
鍾乳洞(しょうにゅうどう)には　龍珠(りゅうじゅ)が掛かり
あたり一面　奇花(きか)咲き乱れ
鍋(なべ)を載せたる竈(かまど)の傍(そば)に　煮炊きの跡はまだ残り
酒瓶を置いた机(つくえ)の上は　まるで食事の後のよう
石の座(いす)に石の床(とこ)　まこと見事なつくりにて
石の盆に石の碗(わん)　惚(ほ)れ惚(ぼ)れするよな逸品で
さらにまた
一本二本と修竹(たけ)は伸び
五つ三つの梅花(うめ)が咲く
青き松の木　いく本か
しっとり雨に濡(ぬ)れ模様
人の住みたる家のよう

しばらく見とれてから、橋のなかばまで跳び出てあたりを眺めると、広間のなかほどに石碑がひとつ立っているではありませんか。そこには大きな楷書(かいしょ)で一行、

「花果山(かかざん)福地(ふくち)　水簾洞洞天(すいれんどうどうてん)」

という文字が刻まれています。石ザルはうれしくてたまらず、さっと身をひるがえし、滝壺の外のほうに向かっていくと、ふたたび目を閉じ身をかがめ、水から外に跳びだしました。そうして何度か「あははは」と笑いながら、

「やったぞ！　やったぞ！」

と叫びました。サルたちは石ザルをとりかこんで、

「なかはどんなだった？　水はどれくらい深かった？」

とたずねます。石ザルは答えて、

「水なんかない、ない！　なんとそこには鉄の板の橋がかかっていて、橋のむこうがわは、天然づくりのお屋敷の家財一式がそろっていた」

「どうして家財道具だってわかるんだ？」

石ザルは笑いながら、

「この水は、その橋の下から石の穴をほとばしり出て、滝になって流れ落ち、橋のたもとをふさいでいるんだ。橋のむこうがわには花や木が植えられていて、石でできた家になっている。家のなかには、石の鍋に石の竈、石の碗に石の鉢、石のベッドに石の腰掛けがある。まんなかには石碑が立っていて、「花果山福地　水簾洞洞天」の字が彫られていた。まったくもって、おれたちが落ちつけるわが家ってとこだ。しかも、なかは広くてゆったりしているから、老いも若きも、何千何百いようがだいじょうぶさ。みんなでそこに行って住もうじゃないか。そうすりゃお天道さまのご機嫌が悪かろうが、屁でもない。なんたってそこは——

風が吹いたら身を隠し
雨が降ったら駆こもう
霜でも雪でも恐くない

雷さまとて手は出せぬ
雲と霞が明るく照らし
めでたき運気が漂いて
年ごと伸びゆく松に竹
綺麗な花が今日も咲く

てなかんじだな」


これを聞いたサルたちは、おおよろこび。みんなで言うには、

「やっぱりおまえが先導して、連れてってておくれよ！」

石ザルは、ふたたび目をつむって身をかがめると、滝壺に向かってパッと跳びこみ、

「みんな、おれについて入ってこい！」

サルたちのなかでも肝っ玉の大きいやつは、みな跳びこんでいきました。

肝っ玉の小さいやつは、首を伸ばしたり引っこめたり、耳を掻(か)いたり頰をさすったり、キャアキャアと大声をあげながら、しばらくうろうろしていましたが、やがてみんな跳びこんでいきました。そうして、橋のむこうに出るなり、どいつもこいつも、皿や碗を取りあったり、竈(かまど)やベッドに乗っかったり、こっちに運んだと思ったら、あっちにもっていくといった様子で、まったくもってサルの性根まるだし。少しのあいだもじっとしていられません。あっちこっち、ものを動かしているうちに疲れはて、へとへとになったところで、やっとおとなしくなったのでした。

そこで石ザル、上座につくと、こう言いました。

「みなのしゅう！《人にして信(しん)なくんば、その可(か)なるを知らざるなり》って言うじゃないか。おまえたち、さっきなんて言った？ 滝に跳びこみ跳びだしてきて、けがひとつしないような腕前のあるやつがいたら、その者を王さまにしようって言わなかったかい？ いまおれは、滝壺に入ってまた出てきて、この別世界を見つけた。これでみんなが枕を高くして安らかに眠り、家族そろって暮らせるようになったわけだ。どうしておれを王さまにしないんだい？」

サルどもはそう言われるや、うやうやしく拱手してひれ伏しました。従わない者など、一匹もおりません。年の順にならんで石ザルを礼拝し、口々に、

「大王さま、万歳、万歳！」

と称えました。

こうして石ザルは王の位につくと、これからは〈石〉という字は使わないことにし、〈美猴王〉――「美しき猴の王さま」と名のることにしたのでした。

石ザルはサルのリーダーとなって、花果山の水簾洞に住みつき、みずから美猴王と名のり、おもしろおかしく暮らしていた。やがて命に限りがあることを知る。寿命を超越した存在、すなわち仙人になることを決意した石ザルは、筏に乗って大海に漕ぎ出し、仙人を探す旅に出る。やがて南贍部洲までやってき

た石ザルは、ここで須菩提祖師の弟子となり、孫悟空という名も賜わって、修行にはげむこととなった。

第二回　菩提の真なる妙理を徹して悟ること　魔を断ち本に帰し元神に合すること

悟空は七十二般の変化の術を学び、さらにとんぼ返りをうって雲に乗る法――觔斗雲の術も会得する。だが、そんな術をひけらかす悟空を祖師は破門し、悟空は泣く泣く花果山に帰る。修行でやたら強くなった悟空は、留守のあいだにサルたちをいじめていた混世魔王をやっつけ、みんなに修行中のはなしを聞かせてやるのだった。

『西遊記』の世界観は、『倶舎論』という仏典に見えるインドの須弥山説に、ほぼよっている。それによれば、われわれが住んでいる世界、すなわち物語の舞台となる天竺や大唐国があるのは南贍部洲であるから、花果山は、さらにその東の大陸である東勝神洲の東端に位置することになる。まさに世界の東の果て。とはいえ『西遊記』においては、しばしば世界観、地理観に混乱が生じている。少なくとも、現代の地図を片手に『西遊記』の旅のルートをたどることはあきらめたほうが賢明なのだが、なぜそのような混乱が生じたのかを考えることは、『西遊記』の世界で遊ぶわたしたちにとって、きわめて愉快なことだろう。いずれにしても、読者は『西遊記』の世界観と空間認識を「真に受けた」うえで、旅に出る必要があるのだ。

　この物語の主人公は、石の卵から生まれたサルである。中国人は、石から生まれる物語がお好きなようだ。『水滸伝』は、謎の古代文字で書かれた石碑を掘り起こしたために、百八の神々が飛び出してしまったところから始まり、清代の『紅楼夢』は、原題を『石頭記』というように、ある神話がらみの石の描写から始まる。

　その石ザルだが、中国語の原文では「石猿」ではなく「石猴」である。「猿」はテナガザルであり、中国の山水画で深山幽谷に描きこまれるような、高貴な仙猿といったところ。「猴」のほうはマカク属のサルで、日本のニホンザルや中国でよく知られているアカゲザルの仲間である。文化的イメージにおいては、「猴」は優雅さの点で「猿」には及ばない。「猿」が雅だとすれば「猴」は俗。そんな「猴」で表現される悟空だが、作中に現われる高雅を気取った詩的描写においては、しばしば「猿」も用いられる。

われらが石ザルは、世界の東の果てから西に向かう生涯を始めたことになるだろう。三蔵法師が西方の天竺に向かう出発点となる大唐国は南贍部洲にあるのだから、東勝神洲の東端たる花果山出身の悟空の出発点は、さらに東に偏倚しているわけだ。

《人にして信なくんば、その可なるを知らざるなり》は、『論語』「為政篇」に見えることば。「人たるもの、口にしたことばが信頼できなければ、ダメじゃないのか。約束はちゃんと守れよな」といったところ。この石ザルは、なまいきにも『論語』を諳んじていたらしい。

第二回では、悟空がみずからの肉体とサルの国を強化していく経緯が描かれる。

石ザルは、須菩提祖師から姓と法名を賜わる。おなじみの「孫悟空」がそれだ。祖師のことばによれば、サルのことを「猢猻」というので、「猻」から獣偏を取り去り、孫を姓としたよし。そこで祖師は孫の字のもつ深い意味を説くのであるが、ここでは省略する。また、祖師の弟子は「広大智慧真如性海穎悟円覚」の十二文字から命名されることになっているとのこと。石ザルは十番目の悟の字に属するというわけで、法名を悟空としたのだという。

姓名を手に入れ、社会的な存在となった悟空は、須菩提祖師のもとで七十二通りの変身の術と、觔斗雲に乗る術をマスターする。觔斗というのはとんぼ返りのことで、悟空はとんぼ返りを打って雲に乗り、天空を駆けるのである。おなじみの孫悟空像が、一歩ずつ完成されていく。

コラム　筏で旅立つ

石ザルが仙人を求めて海外に旅立つのに用いた「筏」という乗り物もまた、一見ありふれたものと思われるかもしれないが、移動装置をめぐる詩語の世界では、きわめて重要な意味をもつ。古来、筏を意味するいくつかの語彙（槎、筏、桴、査、楂）は、通常の方法では到達できない彼方への旅に用いられる乗り物、果ては宇宙を旅する船に与えられた名称でもあった。伝説によれば、堯の時代に西海に出現した巨大な光り輝く筏は、四つの海を航行し、さらには十二年で天を一周してもどってきたと伝えられ、「貫月査」「掛星査」と呼ばれたという。

もっともポピュラーなのは、漢代、シルクロードを旅した張騫にまつわるものであろう。『史記』に見える史実の張騫は、西方への長旅を遂げた地理的猛者として中国人の脳裏に印象づけられたが、さらにそのイメージは、筏に乗って黄河を遡行したあげく、とうとう天の河にまで行ってしまい、そこで牽牛や織女とことばを交わしたという宇宙旅行譚にまで発展する。その後、詩語としての「筏」語彙群は、人を、通常では到達不可能な仙界にもたらしてくれる乗り物として認識されるのである。いわば、ジュール・ヴェルヌが世に送り出した砲弾ロケットや潜水艦ノーチラス号と同様に、尋常ならざる空間への旅につきものの、伝統的な移動装置のモチーフであった。悟空にとっては、ずっとあとになってからの三蔵法師への弟子入りを待たずして、すでに〈驚異の旅〉は始まっていたのである。

第三～四回　悟空、天界で就職する

第三回　四海に千山みな敬して伏すること　九幽の十類より尽く名を除くこと

悟空は武器を集め、サルたちの軍事教練を怠らなかった。また、東海の龍宮からは自在に伸び縮みする如意金箍棒をせしめてしまう。そんなある日、悟空は夢のなかで、冥界を支配する閻羅王の前に連行された。寿命を記録した帳面を見ると、悟空の寿命は「三百四十二歳」と書かれてあったので、悟空は強引にこの数字を消してしまう。悟空があちこちで乱暴狼藉を働いていることは、天界を統べる玉帝（玉皇大帝）の耳に入っていた。玉帝の側近である太白金星は、天界の役職につかせれば悟空はおとなしくなるだろうと玉帝に提言する。

第四回　官は弼馬に封ずるも心の満たされぬこと
名は斉天と注するも意の寧からざること

金星は悟空を天界に招聘し、「弼馬温」という役職につかせる。これは天界の馬を飼育する係で、最下級の役職だった。ある日、そのことを知った悟空はカッとなって花果山に帰り、「斉天大聖」すなわち「天と斉しい大聖人」と自称することにした。この無礼に怒った玉帝は、悟空を成敗しようとするが、またしても金星の提言により、「斉天大聖」という役職をでっちあげ、これに就かせることにした。悟空はこれを引き受けたものの、これといった仕事もなく、退屈な日々を送る。

第五〜七回　悟空、天界でおおあばれ

第五回　蟠桃を乱して大聖が丹を偸ること　天宮に反いて諸神が怪を捉えること

悟空をブラブラさせていては、いずれ悪さに手を染めるであろうと、玉帝は蟠桃園の番人という仕事を与えた。蟠桃とは、それを食べれば長寿になるという、女神西王母が育てている仙桃である。神仙たちがこれを賞翫する宴会——蟠桃会に招待されていないことを知った悟空は、一計を案じて事前に宴会場におもむき、ひそかに見物してやろうと思い立ち、先んじて宴会場に侵入する。

見れば宴会のしたくはすっかりととのっていたのですが、仙人たちの客は、まだひとりも来ていませんでした。ごちそうのすべてを、まだ見終わっていないうちに、ふと悟空は、酒の香りが鼻をついてくるのに気がつきました。

香りのするほうを見やれば、右がわの長い廊下のたもとに、酒造りの仙官や酒粕を運ぶ人夫たちが数名いて、水汲みの寺男やら火焚きの童子やらをひきいては、大小の酒の甕を洗っています。どうやら早くも美酒が醸し出されたようです。

思わずよだれが垂れて出た悟空、すぐにも、のどを潤したいのはやまやまですが、いかんせん、そやつらがいたのでは手が出せません。そこで、ちょいとばかり神通力を弄することにして、体から毛を何本か抜き取ると、口にほうりこんでくちゃくちゃ噛みくだきました。それをプッと吐き出して呪文をとなえ、「変われ！」と叫びますと、それは何匹もの「眠り虫」に変じ、やつらの顔のそばまで飛んでいきました。見よ！　どいつもこいつも、腕はだらり、頭はこくりと垂れ、目はとろり。作業もうっちゃったまま、ひとりのこらず眠りこけてしまったではありませんか。

悟空は、テーブルに並べられた珍味やごちそうを山ほど抱えこむと、長い廊下の裏側にすわりこみ、酒の入った甕によりかかったまま、たっぷりのどを潤したものです。こうして長いこと飲みつづけているうちに、けっこう酔っぱらってしまいました。

「まずい、まずい！　しばらくしたら招待客どもが来ちまうぞ。そしたら、おれがどやしつけられるだろう。すぐにつかまっちまって、めんどうなことになる。ここは、とっとと役所にもどって、ひと眠りといくか」

われらが悟空、ふらふらゆらゆらと、酔いにまかせて、あっちにドン、こっちにガンと、体をぶっつけながら歩いているうちに、道に迷ってしまいました。着いたところは斉天府ではなく兜率天宮。はっとそれに気づいた悟空はひとりごち、

「兜率宮といやあ三十三天よりももっと上だぞ。そうそう、離恨天の太上老君が住んでいるところだったぜ。なんでまた、こんなところにまで迷いこんじまったんだ？　まあいい、まあいい。このところ老君には一目会ってごあいさつをと思いながらも、ついつい、ごぶさたしていたからな。せっかくここまで来たんだから、ついでにちょっくら顔でもおがんでこよう」

悟空は身なりをととのえながら、ずんずん入っていきましたが、どこにも老君の姿はありません。あたりには人影もありません。そもそもこのとき老君は、燃灯古仏とともに、三層の高閣の朱丹陵台で道を講じていたのでした。あまたの仙童に仙将、仙官に仙吏が、その左右にはべって講義に耳を傾けていたのです。

悟空のほうは、まっすぐ丹薬を煉る部屋に入っていったのですが、どこを探しても老君の姿は見あたりません。ふと目をやると、丹薬の竈のかたわらに設けられた炉のなかでは炎が燃えさかり、炉の左右には、五つの葫蘆が置かれていました。葫蘆のなかには、煉り終えた金丹がびっしり詰められているではありませんか。悟空はおおよろこびで、

「こいつは仙家の至宝だぞ。この孫さま、道術を修めてこのかた、内外相同の理をしかと体得したので、金丹でも煉って人さまを救いたいなんて思っていたもんだが、家に帰ってからというもの、そんなヒマなんかなかった。きょうこの日、縁あってこちらさんにお目にかかったってわけだ。老君がいな

いうちに、できたてのところを、いくつか賞味してやろう」

　そう言うと、葫蘆をひっくり返して、中身をみんな腹のなかに流しこんでしまったのでした。さながら、煎った豆でも食べるように！　ほどなくして金丹で腹いっぱいになると、酔いも醒めてしまいました。そこでまた、先のことを考えるに、

「おいおい、こいつはまずいぜ！　こんどばかりは、とんでもなく痛い目にあわされるにちがいない。玉帝を怒らせちまったら、こっちのお命もおぼつかねえや。逃げろ、逃げろ、逃げろ！　下界にもどって王さまでもやってるのが、いちばんだぜ」

　そう言いながら兜率宮を抜け出すと、さきほど来た道は通らず、見つからないようにして西天門から脱し、雲をおろして花果山に帰ってしまったのでした。


玉帝は神々に悟空討伐軍を組織させ、花果山に向かわせた。花果山は天兵た

ちに包囲されてしまう。

第六回　観音が会に赴いて原因を問うこと　小聖が威を揮って大聖を降すこと

玉帝の甥にあたる顕聖二郎真君が攻めて行くと、サル軍団は散り散りになった。悟空が雀に化けて隠れていると、二郎真君は鷹に化ける。ふたりは化けくらべを繰り返しながら戦ったが、勝負はなかなかつかない。太上老君が金剛琢という腕輪を投げつけると、悟空の脳天に命中！　そこに二郎のイヌが飛びかかってかみつき、神兵たちが悟空を縛りあげた。かくして悟空は処刑されることになった。

第七回　八卦炉の中より大聖が逃げること　五行山の下にて心猿を定めること

とにかく堅い悟空の体は、刀や斧で斬っても刃がたたず、火あぶりにしてもダメ。太上老君が金丹を煉る八卦炉のなかで四十九日のあいだ焼かれるが、炉をあけるなり外に飛び出した悟空は、ますます激しく暴れ、天界は大混乱。玉帝は、西方の釈迦如来に調伏を依頼した。

玉帝の依頼を受け、阿難と迦葉のふたりの尊者とともにやってきた釈迦如来、悟空を相手に説得をこころみるも、悟空は聞く耳をもたないのだった。

「ところでおまえ、長生や変化の術のほかには、いったいどのような術があって天宮を支配しようというのかね？」と如来がたずねると、悟空は答えて、

「おれの術といったら、そりゃもう数えきれないね。七十二般の変化の術に、永遠不滅の長生術はもちろんだが、觔斗雲に乗ったら、ひとっ飛びで十万八千里てなもんだ。これでもまだ天の玉座に坐るにはふさわしくないっていうのかい？」

「ならば、おまえと賭けをしようではないか。おまえにそんな腕前があるのならば、觔斗雲のひとっ飛びで、わたしの右の手のひらから飛び出すことが

できるかな？　それができたなら、おまえの勝ちだ。天兵を出してむだに戦うことはやめて、玉帝には西方にお移りいただき、天宮はおまえにゆずることにしよう。だが、もしおまえが手のひらから出られなければ、おまえは下界にくだって妖怪稼業にもどるがよい。そうしてまた何劫か修行を積んだあとで、あらためてわたしに挑むがよい」

聞いて悟空は、腹のなかでせせら笑い、

「この如来ときたら、ばっかじゃなかろうか？　この孫さま、とんぼ返りでひとっ飛び十万八千里だって言ってるじゃねえか。如来の手のひらなんざ、一尺がせいぜいだ。なのにそこから飛び出せるかな？　だってさ！」

そうしてすぐに答えて、

「そうまで言うんなら、約束はちゃんと守ってもらうぞ」

「守ろう、守ろう！」

如来はそこで右手を広げました。その大きさは蓮の葉ほどといったところ。

悟空は如意棒をかたづけ、ぶるっと武者震いして身をおどらせると、如来の

手のひらのまんなかにすっくと立って、ひと声、

「じゃあ行くぞ！」

見よ！　悟空は雲間から漏れるひとすじの光のようになったかと思ったら、もはやそこには影も形もありません。如来がそれを慧眼を開いて見れば、かのサルの王は、さながら風車のようにくるくる回りながら、ひたすら進んでいました。悟空がどんどん進んでいくうちに、かなたには、桃色の柱が五本、蒼天を支えて立っているのが見えてきました。

「あのへんが世界の端っこだな。これで引き返して如来に証人になってもらえば、霊霄宮はおれのものだ」

さらにまた考えて、

「待てよ、なにか証拠をのこしていったほうがいいな。如来と話をつけるにも、そのほうがいいだろうし」

そこで毛を一本抜くと仙気を吹きかけて「変われ！」とひと声、濃い墨を含んだ、剛柔二種類の毛を用いた立派な筆に変えると、まんなかに聳える柱

に、たいそう大きな字でこんな一行を書きつけました。

《斉天大聖到此一游》（斉天大聖、此に到りて一游す）

書き終えて毛をもとに収めた悟空、なんともぶしつけなことに、一本めの柱の根もとにサルのおしっこをひっかけました。こうして觔斗雲の向きを変えると、もとの場所へひとっ飛び、ふたたび如来の手のひらの上に立ちました。

「とっくに行って、いまもどってきたよ。さあ、玉帝に天宮を譲るように言っとくれ」

すると如来、ののしって言うには、

「しょんべんたれのサルめが！　おまえはわたしの手のひらから一歩たりとも出ていないではないか」

それを聞いて悟空、

「あんたってひとは、なんにもわかっちゃいないねえ。おれは世界の端っこまで行ってきたんだぜ。桃色の柱が五本、天を支えて立っていた。証拠にと思って、ちゃんとそこに印を書いてきたもんさ。ウソだと思うんなら、どうだい、いっしょに見にいくかい？」

「それにはおよばぬ。頭をさげて見てみるがいい」

悟空、火眼金睛を見ひらき、こうべを低くして見やれば、なんと如来の右手の中指に、《斉天大聖到此一游》と書かれているではありませんか。ついでに親指の股のところには、サルのおしっこのにおいがのこっています。悟空はぶったまげて、

「なんてこったい！　いったいどうなってんだ？　おれはこの字を、天を支える柱の上に書いたはずだ。それがどうして、あいつの中指なんかに？　先見の明があるってやつかい？　いやいや、そんなことあない！　あるもんか！　よし、もう一度、行ってくるぜ！」

われらが悟空、いそぎ身をひるがえし、ふたたび飛び出そうとするところを、如来は手のひらを返し、悟空をひと突きにしました。このひと突きで、サルの王は西天門の外にまで押し出されてしまいました。さらに如来は五本

の指を、金、木、水、火、土の五つの連なる山に変え、これを五行山と命名し、悟空を軽く押さえつけました。これを見た雷神たちと阿難、迦葉らは、それぞれ合掌して、「善哉、善哉！」と讃えたのでした。

◆如来によってあばれ者の悟空が捕らえられ、天界に安寧がおとずれたのを祝い、「安天会」という大宴会がもよおされた。神々は、悟空を捕らえた如来に礼を述べ、それぞれ贈り物を献上する。

如来は礼を述べると、阿難と迦葉に、みんなから献上された品をそれぞれ収めさせ、玉帝に向かって宴会のお礼を述べました。だれもが酩酊しているところに、いきなり巡視霊官がやってきて報告いたします。

「あの大聖が、首を出そうとしておりますが」

「だいじょうぶ、だいじょうぶ」

如来はそう言うと、袖のなかから一枚のお札を取り出しました。そこには

「唵嘛呢叭咪吽」の六字が金色で書かれています。これを阿難に手渡し、山の頂上に貼るように命じました。阿難尊者はこれを受けとると、天門を出て五行山のいただきにおもむき、そこにあった四角い石の上にぴたりと貼りつけます。すると、五行山にはたちまち根が生え、隙間という隙間が埋まってしまいました。悟空には、呼吸をしたり、手を出して、せいぜいぶらぶらさせたりするくらいの、わずかな隙間しか与えられなかったのです。阿難は如来のもとにもどり、「お札を貼ってきました」と報告しました。

如来は玉帝と神々に別れを告げます。尊者ふたりとともに天門の外に出たところで慈悲の心をもよおされた如来は、真言の呪文をとなえ、五行山の土地神を呼び出すと、こう命じられました。

「おまえは五方掲諦とともにこの山に住んで、あの者を監視しなさい。あれが餓えたときには鉄の団子を食わせ、のどが渇いたときには銅を溶かしたスープを飲ませるように。罪業が消えたあかつきには、おのずと何者かが現われて、あれを救ってくれるであろう」

はてさて、これから先、何年何月になったら、災厄が消えるのでありましょうか。

『西遊記』の大部分は、三蔵法師との天竺への旅に費やされているが、第一部における、三蔵法師に弟子入りする以前の孫悟空は「反体制」という立場にあり、世界の支配者である天帝や如来たちを頂点とする秩序ある世界にとっては、破壊者であり、脅威であり、「悪」である。そして、中国の民衆にわりと人気なのが、三蔵に弟子入りする悟空よりも、この時期のダーティ・ヒーローとしての悟空なのだ。

ここまでの悟空は、さまざまな名で呼ばれている。生まれてすぐは「石ザル（石猴）」。花果山水簾洞で「猴王」となり、さらにこれに美称をつけた「美猴王」。いよいよ調子に乗った悟空がみずから名乗るのが「斉天大聖」。そして天界から賜わった官名「弼馬温」である。「斉天大聖」と「弼馬温」は、『西遊記』全体を通して、この先もしばしば耳にする名だが、前者は悟空にとっては過去の栄光、いちばん輝いていた時代の呼称で、後者は、悟空にとっては語りたくない過去を呼び起こす屈辱的な呼称である。旅の途中で出合う妖怪たちは、しばしば過去の事件を覚えていて、悟空のことを「あのときの弼馬温か」と呼ぶことがあるが、それを耳にするなり、悟空はぶち切れてしまうのだった。

「弼馬温（ピーマーウエン）」という官職はもとより存在しないが、「避馬瘟（ピーマーウエン）」すなわち「馬の疫病を避ける」という語と通じることから、中国では、サルの絵と「避馬瘟」の文字が書かれたお札を馬小屋に貼ってお守りとする習慣があった。また、すでに「孫悟空」という名がつけられたにもかかわらず、第一部においては、地の文でもほぼ「大聖（たいせい）」が用いられている。

その大聖が如来（にょらい）の手から飛び出そうとして失敗し、捕らえられてしまうエピソードは、『西遊記』のなかでも、わりとよく知られている場面だろう。如来の中指に書きつけられる文句が「斉天大聖到此一游（斉天大聖、此（ここ）に到りて一游す）」だが、「誰誰到此一游」は、中国の観光地でよく見られる落書きの定番であり、いまや世界の名勝旧跡でもこれが見られることから、良からぬ旅行マナーを象徴するものともなっている。この習慣の鼻祖が悟空であるとは断言できないが、少なくとも、現代にいたるまでこれを流行させた功罪は甚大であるといえるだろう。

さて、悟空の無法ぶりに怒る玉帝、それをなだめて穏便に済ます策を講ずる太白金星。単純な悟空は、たびたびこれに騙されてしまう。悟空の傍若無人ぶりに堪忍袋の緒を切らした玉帝は、ついに悟空討伐軍の出撃を命じた。これからいよいよ「大鬧天宮（大いに天宮を鬧がす）」と呼ばれる、悟空最後のおおあばれが始まる。

悟空討伐の成功を祝賀する宴会は「安天会」と呼ばれている。もっとも功労のあった仏祖如来が神々から賞賛され、次々と贈られる祝いの品々は、阿難と迦葉によって収められた。阿難（阿難陀、アーナンダ）と迦葉（大迦葉、マハーカーシャパ）は、それぞれ釈迦牟尼の十大弟子の一人で、仏教の歴史においては、釈迦が滅度したのち二人で教団を運営したとされているが、いずれも徳が高く知恵のある僧侶を意味する「尊者」の呼称をもっている。そんな二人は『西遊記』の最後のほうにも登場し、とんでもなく意外なエピソードが展開するのだが、それは、そのときのお楽しみということで。

コラム　反体制の悟空

悟空の軍団が悟空討伐軍の天兵と戦うこのエピソードは、京劇でも人気の作で、かつては「安天会」と題された人気作であった。中華人民共和国になってからは、悟空の大勝利までを描き、タイトルも「大いに天宮を閙がす（大閙天宮）」と変えて上演されるようになった。アクションが中心で、複雑なセリフがわからなくても理解できるので、外国でも好んで上演される。一九六一年には、同じタイトルの長編アニメーションも作られたが、やはり悟空の大勝利までを描いている（邦題は『大暴れ孫悟空』）。

第八回　取経計画、発動す

第八回　仏祖が経を造り極楽を伝えること　観音が旨を奉じ長安を訪れること

それから五百年。ここは天竺の雷音寺。釈迦如来が仏たちを集めて言うには、
「かの東土（大唐国）では人心が乱れている。わが三蔵（経・律・論の三種類のお経）を送り届けて救済してやりたいものだが、だれか経を取りに来る者はいないものか……」

こうして取経の者を探すことを託された観音菩薩は、弟子の恵岸とともに東に飛ぶ。途中、観音は三人の妖怪を仏門に帰依させ、取経の者が通ったら守るようにと申しつける。

観音菩薩と恵岸、師弟ふたりがまず通りかかったのが流沙河であった。波間から一匹の妖怪が飛び出してきて、ふたりに襲いかかる。妖怪は、相手が観音

菩薩と知ると、頭をさげて伏し拝み、こんな話をはじめるのだった。

「観音菩薩さま、なにとぞ罪をお許しください。そしてわたくしの話を聞いてください。それがし、妖魔のたぐいではございません。霊霄殿にて玉帝のお車に侍っておりました捲簾大将にございます。ある蟠桃会の席で、ふと手を滑らせて玻璃の杯を落とし、砕いてしまったために、玉帝より笞打ち八百の刑を受け、下界に落とされて、このありさま。そのうえ七日に一度、剣が飛ばされてきて、脇腹を百回以上も突き刺してから帰っていきますゆえ、その辛さといったらありません。餓えと寒さも堪えがたく、二日三日に一度は波間から出て旅の者を喰らってまいりました。はからずもきょうこの日、思いもよらぬことながら、大慈悲の観音さまに狼藉をはたらいてしまうとは」

◆観音は捲簾大将に戒律を授けて、やがてここを通るであろう取経の者を助けるようにと言いつける。

観音はその頭をさすってやり、戒律を授けました。そして沙を指さして、沙を姓とすることとし、さらに法名をつけてやり、沙悟浄と呼ばれることになりました。

観音たちがさらに進むと、とある高い山が見えてきた。狂風とともに現われた一匹のブタ面の妖怪が、観音めがけてまぐわをふりおろしてくる。恵岸がこれを迎え撃つが、相手が観音であると知った妖怪は、武器を棄てて叩頭し、観音を伏し拝む。

観音菩薩は雲をおろして進みゆくと、たずねました。
「おまえはどこで化け物になった野豕かね？　どこで悪さを働く劫を経た彘かね？　こんなところで、どうしてわたしの邪魔をするんだね？」
「おいらは野豕でもないし、劫を経た彘でもございません。もとはと言えば天の河の天蓬元帥でしたが、酒に酔って月の女神の嫦娥に手を出したところ、玉帝より槌打ち二千回という刑を受け、下界に追放されちまったんです。その際、おいらの真性が投胎したのが、どこをどうまちがったか、メス猪の腹のなか。それでこんな姿になっちまったというわけです。おっかさんのブタを噛み殺し、ブタどもを打ち殺し、この山を占領して、人を食って暮らしておりました。はからずも、ここで観音さまにお会いできるとは！　お願いです。なんとかお助けいただけないものでしょうか？」

◆観音はブタの妖怪に戒律を授け、やがてここを通るであろう取経の者を助けるようにと言いつける。

観音はその頭をさすってやり、戒律を授けました。さらにその体を指さして、猪を姓とすることとしました。さらに法名をつけてやり、妖怪は猪悟能と呼ばれることになりました。

観音菩薩と恵岸は、悟能と別れ、なかば雲と霧をおこして飛んでいきました。進むうちにふと目に入ったのが、空中で泣きわめいている一匹の龍でした。観音は近づいてたずねます。

「おまえはどこの龍なのだ？　ここで罰を受けているようだが」

「わたしは西海龍王敖閏の息子です。あやまって火事を起こしてしまい、宮殿の明珠を灰にしてしまいました。父王はわたしを不孝者として天宮に訴えたので、玉帝はわたしを吊るして三百叩きの刑に処し、ほどなく死刑が執行されます。観音さま、どうかお助けください！」

◆観音は、玉帝に交渉して龍の命を助けてもらい、その身をあずかり、取経の者の足とすることにした。

観音は、龍王の息子を深い谷川のなかに送ると、そこでひたすら取経の者が来るのを待ち、白馬と変じて西方へおもむき、手柄を立てるようにと言いました。龍はこれを拝命し、その身を潜めたのでした。

観音菩薩は恵岸をひきつれ、この山を越えて、さらに東土へと飛んでいきます。ほどなくして、いきなり万道の金光、千条の瑞気が目に入ってきました。

「お師匠さま、あの光を発しているところこそ五行山にほかなりません。如来さまが貼られたお札があそこに見えております」と恵岸。

「あの、蟠桃会を荒らして大いに天宮を鬧がせた斉天大聖も、いまやここに封じこめられているのだったね」

「そうです。まさしくこの山です」

師弟ふたり、山に登ってお札を見れば、なるほどそれは「唵嘛呢叭咪吽」の六字の真言にほかなりません。観音はこれを見て、しきりに嘆息し、詠むは一首の詩——

身のほど知らぬ妖猴が

おおいに天を鬧がして
妄りに荒らした蟠桃会
しのびこんだは兜率宮
天兵十万相手にならず
九重天にて大将きどり
如来の威光に封じられ
功顕わすはいつの日か

師弟ふたりが話しているのを早くも聞きつけたのが、ほかならぬ悟空です。山のふもとから大声で、

「どこのどいつだい？　山のてっぺんで詩など吟じて、おれの悪口を言ってるのは？」

これを耳にした観音、山からおりて声のぬしを探そうとすれば、崖の下から、土地神と山神、それに悟空を監視している天将が、そろって拝礼し観音

を迎えると、悟空のいるところまで案内しました。見れば悟空は石の箱に閉じこめられているものですから、口はきけても体は動かせません。そこで観音がたずねて、

「孫よ、わたしがだれか、わかりますか？」

大聖は火眼金睛を見開くと、なるほどとうなずき、大声はりあげて、

「わからんことがありましょうか。あなたさまは、南海普陀落伽山にお住まいの救苦救難大慈大悲の南無観世音菩薩さまとお見受けしました。これはこれは、ようこそのおいで！　こっちはここで、一日が一年のような思いでおりますが、だれひとり知りあいも来てくれんのです。どちらからのお出ましで？」

「わたしは如来の言いつけで、お経を取りに来る者を探しに東土に向かっているところです。ここを通りかかったので、おまえの様子を見てみようと、わざわざ立ち寄ったわけだよ」

「如来がわたしをペテンにかけてこの山に閉じこめてから、かれこれ五百年

ですよ。手も足ものばせないままです。観音さま、少し便宜をはかって、この孫さまを助けてはいただけませんかね？」

「おまえというやつは！　罪業はいよいよ深まるばかりだ。助けなんかしたら、また災禍を招くことになって、かえってよくありませんからね」

「とっくの昔に後悔はしてますよ。どうかお慈悲をもって、これからの道を指し示してください。まじめに修行いたしますから」

これぞまさしく――

人の心に一念生ぜば　天地みなこれを知る
善悪に報いがなくば　乾坤にこそ私心あり

といったところ。

そのことばを聞いた観音は、おおよろこび。

「聖経にも書いてあろう。《その言を出だして善なれば、すなわち千里の外もこれに応ず。その言を出だして不善なれば、すなわち千里の外もこれに違う》と。おまえにその心があるのであれば、わたしはこれから東土の大唐国におもむいて、取経の者をひとり探してくるから、その者におまえを救わせよう。おまえはその者の弟子となり、教えを抱いてしっかり守り、わが仏門に帰依して修行を積むがよい。わかりましたか？」

そう言われた悟空は、大きな声でなんども、

「そうします、そうします！」

「善果を得たのであれば、おまえにも法名をつけてやろう」

「名前なら、もうまにあってます。孫悟空っていうんです」

それを聞いて観音はまたよろこび、

「これまで帰依させたふたりの弟子も、《悟》の字を含んだ法名をつけたのだが、おまえの名前にも《悟》の字が入っているとはね。かれらとぴったりとは、けっこうけっこう！　そういうことなら、もはや言うことはない。わたしはこれにて失礼しますよ」

こうして悟空は、みずからの本性を悟り、みずからの真の心を明らかにして、仏教に帰依することになったのでした。

ここでは、三蔵の旅を助けることになる主要メンバーのキャスティングが、観音菩薩の手でおこなわれている。『西遊記』の裏の主人公は、じつは観音菩薩なのかもしれない。天竺への旅のセッティングとメンバーのキャスティングをするばかりか、この先で行く手をはばむ妖怪たちまでも、しっかり準備しているのが、じつは観音その人だからである。

この回で、観音は西の天竺から東の大唐国に向かって飛んでいるから、西から順番に沙悟浄（捲簾大将）、猪悟能（天蓬元帥）、白馬（西海龍王敖閏の息子）、孫悟空（斉天大聖）と帰依させていく。したがって、のちに三蔵が東から西に向かう旅では、これとは逆に、孫悟空（行者）、白馬、猪悟能（八戒）、沙悟浄（和尚）という順に取経のメンバーに加わることになるわけである。

かれらのだれもが、過去の罪を背負って生きている。それは、リーダーである玄奘三蔵とても例外ではない。かれは、かつて釈迦牟尼の二番弟子の金蟬子だったが、釈迦の説法をおろそかにしたため下界に落とされたとの前世が、あるところで明らかにされる。三蔵をも含めた一行全員にとって、取経の旅は、天界から地上に追放された罪人たちの贖罪の旅でもあったといえるだろう。

観音はまた、それぞれに姓と法名を授ける。捲簾大将は、沙を指さして沙を姓とし、法名を悟浄とした。天蓬元帥は、その体（ブタ）を指さして猪を姓とし、法名を悟能とした。猪とはブタのこと。孫悟空はすでに須菩提祖師によって姓も法名も授けられているので、いらないというわけだ。

弟子たちのそれぞれのイメージについては、またのちほど触れることにしよう。

観音が口にした《その言を出だして善なれば、すなわち千里の外もこれに応ず。その言を出だして不善なれば、すなわち千里の外もこれに違う》は、『易経』「繫辞上伝」に見える文言からの抜粋で、『易経』の本文そのままではない。「そのことばが善ければ、千里の外にある者もこれに呼応するが、そのことばが善くなければ、千里の外にある者もこれに反発する」といったような意味である。

第二部　三蔵法師の数奇な物語

第九～十回　唐太宗の地獄めぐり

第九回　袁守誠の妙なる算に私曲のなきこと　老龍王の拙なる計に天条を犯すこと

みやこ長安に住む袁守誠なる占い師と、降雨量をめぐる賭けをした涇河の龍王は、賭けに負けてしまい、玉帝の聖旨に背いたかどで、ときの丞相魏徴の手で首を斬られることになった。龍王は太宗皇帝の夢に現われて懇願し、太宗は魏徴に斬首させないことを約束する。太宗は、処刑の時間に魏徴をどこにも行かせなければよいと考え、ともに碁を打つことを命ずる。

第十回　二将軍が宮門にて鬼を鎮ること　唐太宗が地府より魂を還すこと

ところが、碁の途中で魏徴はうたた寝をしてしまい、夢の世界に行って龍王の首を斬ってしまった。太宗に恨みを抱いた龍王の亡魂は、太宗をあの世に連れ去る。冥界に連れていかれた太宗、冥界の十大閻王のひとりである秦広王が、ここに連れて来られることとなった事情をたずねる。


　秦広王が拱手しながら言いました。

「涇河の龍王の亡魂が訴えるところによれば、陛下はあれを助けることを約束しておきながら、殺してしまったとのこと。これはどういうわけだったのでしょうか？」

「先日の夜、朕は夢のなかで龍に助けを求められ、たしかにそれを約束しました。龍は罪を犯して罰せられることとなり、臣下の魏徴によって首を斬られることになったときいております。朕は魏徴を殿中に呼びつけ、碁の相手をさせていたのですが、よもや魏徴が夢のなかで龍を斬首することになろうとは、思いもよりませんでした。これは魏徴が、幽明界を行き来する不思議な力をもっているからでしょうが、また、あの龍王の罪が死罪にあたるものであったということでしょう。これがどうして、朕の過ちであると言えるのでしょうか」

これを聞いた十王たち、伏して言うには、

「あの龍は、生まれるまえから、南斗星の生死簿に、人間界の役人の手で殺される定めであることが書かれておりました。そのことは、われらもかねてより知ってはいたのですが、あやつがここで釈明し、なんとしても陛下にここにお越しいただいて、原告、被告、証人の三者をそろえて裁きを下してほしいと申すのです。そこで、やつは輪廻に送りこんで転生させることとし、陛下には、ご降臨いただくことにしました。陛下を急かしましたわれらの罪を、どうかご容赦ください」

そう言うと、生死簿をつかさどる判官に命じて言うには、

「いそぎ帳簿をもってこい。陛下のご寿命と在位の時間がいかほどか調べてみよう」

言われて崔判官が、いそぎ役所の執務室にもどり、天下万国国王天禄台帳

をひもといて、くわしく調べてみました。見れば、南贍部洲大唐太宗皇帝は「貞観一十三年」と書いてあるではありませんか。崔判官はびっくりぎょうてん、あわてて濃い墨をふくませた大筆を手にすると、「一」の字の上に二画を書き足し、なんとその帳簿を捧げ出しました。十王たちは、それをはじめから見ていきますが、太宗の名の下に「三十三年」とあります。閻王たちはびっくりして、

「陛下は、登極あそばしてから何年になりますか？」

「即位してから、今年で十三年になります」

「陛下、ご安心ください。まだ二十年の寿命がございます。これにて、審理は明々白々、どうぞ陽界へおもどりください」

聞いて太宗、腰をかがめてお礼を申します。十王は、崔判官と朱太尉のふたりに、太宗の魂を陽界にお送りするよう命じました。

太宗は森羅殿を出るにあたり、また稽首して十王にたずねました。

「朕の宮中の家族たちは、無事でおりますでしょうか」

「みなさまご無事でございます。ただひとつ心配なのは、妹さまのご寿命が長くはないことでございます」

それを聞いた太宗（たいそう）、いまいちどあいさつをしてお礼を述べました。

「朕（ちん）があちらにもどりましても、お礼としてさしあげる品物がなにもございません。あるのは、せいぜい瓜（うり）のたぐいだけにございます」

すると十王はよろこんで、

「こちらには東瓜（とうがん）や西瓜（すいか）は、けっこうあるのですが、ただ南瓜（かぼちゃ）だけがございません」

「もどりましたら、さっそくお贈りいたしましょう」

こうして、たがいに拱手（きょうしゅ）の礼をしながら別れたのでした。

朱太尉（しゅたいい）が引魂旛（いんこんはん）（霊魂を導く幟（のぼり））を手にして先頭に、崔判官（さいはんがん）はうしろにつづき、ふたりで太宗（たいそう）を守りながら、冥府（めいふ）を出ていきました。太宗（たいそう）がこうべをあげて見たところ、さきほど来た道ではありません。そこで判官（はんがん）にたずねて、

「この道は、まちがってはいませんか？」

すると判官は答えて、
「まちがってはおりません。冥府ではこうなっているのです。去く路はあっても来る路はありません。これより陛下を輪廻から送り出すわけですが、ひとつには、陛下に冥府を見物していただくため、ひとつには、陛下に人間界にもどっていただくためなのです」
太宗は、ふたりについて進むしかありません。

地獄で苦しむ亡者たちの凄惨な様子を目にした太宗は、現世にもどったら盛大に供養をし、亡者たちを成仏させることを決意する。

この回は、太宗皇帝の地獄巡りというエピソードである。なぜ三蔵法師が天竺にお経を取りにいくことになったのか？　という、西天取経の由来について語られているところなので、『西遊記』物語においては、きわめて重要な部分であるにもかかわらず、わが国では、あまり知られていないかもしれない。児童向きに書き直された『西遊記』のダイジェスト版やドラマなどでは、しばしば省略されたり、あっさり描かれたりするエピソードだろう。

唐太宗の冥界訪問は、仏典や民間伝承に見える、目連の物語をはじめとする、古来の地獄訪問譚の影響を受けて作られたものだろう。これは、釈迦十大弟子の一人である目連が、死んだ母親が地獄で苦しんでいるのを知り、これを救うべく、みずから地獄を訪れるという物語だ。供物を捧げて経を唱えることで、ご先祖様ははじめて救われるということが説かれ、すなわちこれが盂蘭盆会（お盆）の始まりなり、というわけである。ストーリーのおおもとは、四世紀頃の晋代に漢訳された『盂蘭盆経』に拠っているが、これは中国の通俗文学に大きな影響を与え、さまざまなヴァリエーションを生んだ。

冥界には十人の王がいる。『西遊記』では秦広王、楚江王、宋帝王、仵官王、閻羅王、平等王、泰山王、都市王、卞城王、転輪王であり、裁かれる内容によって、それぞれが裁判を担当する。

崔判官は、太宗の寿命の記載に加筆して、二十年ぶん長生きさせる。ここには、役人による文書改竄のテーマがうかがえよう。思い起こせば、第三回でも、地獄に引っ立てられた悟空は、閻羅の書類に書かれていた「三百四十二歳」という寿命を見て、これを抹消してしまう。文書の改竄は、中国の物語では、ひとつの文字遊戯として好んで用いられているようだ。

コラム　文書改竄の神話

中国の神話では、漢字を作ったのは蒼頡と呼ばれる人物であると伝えられている。蒼頡は、四つの目をもつ異形の聖人だ。紀元前二世紀の書物『淮南子』は、おもしろい蒼頡神話を伝えている。すなわち、蒼頡が文字を作ったときに、「天は粟（穀物）を降らせ、鬼は夜に泣いた」というのである。これに対して、三世紀の高誘が次のような説明をしている。

「蒼頡は、はじめて鳥の足跡の文様を見て、書契を作った。すると詐欺が発生した。詐欺が発生すると、本を捨てて末に趨くようになり、耕作の業を棄てて、錐刀の利に務めるようになった。天は人間が餓えるであろうことを知った。だから粟を降らせたのだ。鬼は文書によって弾劾されることを恐れた。だから夜に泣いたのである」

これに従うならば、文字が発明されるや、人々はもっぱらそれを、人をペテンにかける詐欺に用いたというのだ。文字の発明と詐欺の発生をつなげた古代中国人のクールな哲学には、ひたすら平伏するしかない。それは『西遊記』にも活かされていた。

第十一～十二回　玄奘三蔵、天竺へ出発す

第十一回　現世に還って唐王が善果に遵うこと　孤魂を度して蕭瑀が空門を正すこと

生き返った太宗が、冥界に南瓜を届ける者を募ったところ、劉全なる者が名乗り出た。服毒して死に、南瓜を冥界に届けた劉全は、ほどなくして生き返る。さらに太宗は、地獄の亡魂を救うべく施餓鬼法要を盛大に挙行することにした。その檀主として選ばれたのは、高僧玄奘であった。

第十二回　玄奘が真を秉って大会を建てること　観音が像を顕わし金蟬を化すること

盛大な法要をいとなむ玄奘。そこにやってきた観音菩薩は、玄奘こそが取経の者にふさわしい聖僧であると見ぬき、錦襴の袈裟と九環の錫杖を授ける。そ

して、成仏することのできない亡者たちを救うことができるのは、小乗ではなく大乗の教えであると言い、西天の天竺国に、三蔵、すなわち経蔵・律蔵・論蔵の三種の仏典を取りにいかねばならぬと諭す。

太宗皇帝は、寺の僧たちにたずねました。
「朕の意志をうけて西天におもむき、仏を拝して経を求めてくる者は、だれかおらぬか?」

　そのことばが終わらないうちに、かたわらより玄奘が進み出ると、帝の前で一礼して言いました。

「貧僧、不才にはございますが、犬馬の労をとり、陛下のおんため、真の経を求め、わが王の江山がとこしえに堅固ならんことを祈りたく存じます」

　太宗はおおよろこび、進み出ると、その手でたすけおこし、

「法師玄奘よ、そなたが忠賢を尽くし、道のりのはるかなることを恐れず、山河を跋渉してくれるとあらば、朕はそなたに弟になってもらいたい」

　玄奘は頓首してお礼を申しあげました。太宗は賢徳あるおかた、寺の仏前に進み出ると、玄奘とともに四拝の礼をほどこし、玄奘を「御弟聖僧」（皇帝の弟である聖なる僧）と呼ぶことにしました。これに対して何度もお礼を述べた玄奘、

「陛下、貧僧には、いかなる徳も能力もございませんのに、このような身にあまる天徳とお心遣い。それがし、ひとたび旅に出ましたら、かならずやこの身を捧げて力を尽くし、西天にまいりましょう。もし西天に到達できず、

真経を得ることができなければ、たとえ死んでも国には帰らず、永遠に地獄に堕ちることとなりましょう」

そう言って仏前で香を焚き、誓いとしたのでした。太宗はおおよろこび。すぐに宮殿にもどると、吉日をえらんで旅の手形を発行し、出立させることにしました。かくして鹵簿（儀仗、警護の隊伍を備えた天子の行列）は去り、みんなは退散いたします。玄奘もまた洪福寺へともどりました。寺の僧と弟子たちは、すでに取経のことを耳にしていましたので、こぞって出迎えてたずねます。

「西天への旅に出られるとの誓いを立てられたとうかがいましたが、まことにございましょうか？」

「まことのことである」

それを聞いた弟子たちは、

「お師匠さま、聞くところによれば、西天への路は遠いうえに、虎や豹や妖魔のたぐいがうようよしているとやら。お出かけになったきり、お帰りになれぬのではと心配です。そのお命、はたして保つことができましょうや？」

するとげんじょう玄奘は、

「わたしはすでにこの大願の誓いをたてたのだ。真経を取ってこられぬのであれば、永遠に地獄に堕ちるであろうとな。君恩を受けたとあらば、忠を尽くして国に報いる。それだけのこと。ひとたび旅に出たらば、前途ははるかにして、吉兆は占いがたいというもの」

さらにつづけて、

「弟子たちよ、わたしが旅に出てから、二年か三年、もしくは六年か七年がすぎたら、あの山門の奥に目をやるがよい。もしあそこの松の木の枝が、東を向いたら、やがてわたしはもどってくるであろう。さもなければ、けっして帰ることはないであろう」

弟子たちは、このことばを、しっかりと胸に刻んだのでした。

あくる朝、太宗は朝礼をもよおして文武百官を集めると、その場で取経のための通行手形の文言をしたため、これを認可する皇帝の宝印を捺しました。

そこに欽天監がやってきて奏上するには、

「本日は、この者の吉日にあたります。遠方への旅に出発するのには宜しいかと存じます」

聞いて太宗はおおよろこび。そこにまた黄門官が奏上して、

「御弟たる法師さまが、朝門の外にて聖旨を待っておられます」

太宗はすぐさま玄奘を宝殿に召し入れて、

「御弟よ、本日は旅立ちの吉日である。これは旅の通行手形だ。また、紫金の鉢を授けよう。道中で托鉢に用いるがよい。さらに、長旅を助ける従者をふたり、そして白馬一頭をそなたに贈るゆえ、遠い旅の乗用とするがよい。さあ、ただちに出発するがよい」

玄奘は、聞いておおよろこび。その恩に拝謝して、授かった品を受けとります。ここでゆっくりしている気持ちなど、さらさらありません。

太宗は儀仗をともなって、あまたの役人たちとともに、玄奘を関外まで見送ります。見れば、洪福寺の僧や弟子たちも、玄奘のための夏服や冬服をた

ずさえて、関外で見送りしようと待っているのでした。太宗(たいそう)はこれを目にすると、荷物をととのえ、馬のしたくをさせてから、役人に命じて酒壺(さかつぼ)から酒を注がせました。杯を挙げた太宗(たいそう)は、玄奘(げんじょう)にたずねます。

「御弟(ぎょてい)よ、そなたの雅号はなんと申されるか？」

「貧僧は出家の身、号などあろうはずがございません」

「先日、観音菩薩(かんのんぼさつ)は、西天(さいてん)には三蔵(さんぞう)の経典があると申された。御弟はこれにちなんで号とし、三蔵(さんぞう)と号するのはいかがであろう？」

玄奘(げんじょう)はなんども礼を述べながら、御酒を受けとると、

「陛下、酒は僧家の第一の戒めにございます。貧僧は生まれてこのかた酒を口にしたことがございません」

「きょうこの日の旅立ちは、ほかのこととは違う。これは精進の酒だから、この一杯だけは飲んでもらい、朕(ちん)からのはなむけの気持ちを尽くさせてほしいのだが」

三蔵(さんぞう)は、ことわるわけにもいきません。酒杯を受けとり、これに口をもっ

ていこうとしたそのとき、太宗がその身を低くすると、指先で土くれをつまみ、三蔵の杯のなかに弾き入れたではありませんか。三蔵が、その意味を解しかねていると、太宗は笑いながら言いました。

「御弟よ、きょう西天をめざして旅立ったら、帰ってくるのはいつのことであろうかな？」

「三年のうちには、帰ってこられるかと存じます」

「歳月は久しく、旅の道のりもはるか遠い。御弟よ、この酒を飲むがよい。故郷のひとつまみの土を恋うるとも、他郷の万両の金を愛するなかれ」

　これを聞いた三蔵、やっとのことで、ひとつまみの土の意味を悟ったのでした。あらためて恩に拝謝すると、その酒を飲みほし、いとまを告げて関を出て旅立っていったのでした。太宗の鹵簿もまたもどっていきました。この旅、これよりいかなることにあいなりますか、次回の解き明かしをお聴きください。

天竺に経を取りにいく計画を立てた唐太宗は、その大役を玄奘に託し、いよいよ西方への壮大な冒険の旅が始まる。

ここでひとつ、大事なことを言っておかねばならない。この本では、明刊本『西遊記』をもとに紹介しているが、清代に刊行された『西遊真詮』と題される『西遊記』本では、明刊本第九回の内容は第十回のなかに組みこまれ、そのかわり第九回では、玄奘がどのようにして生まれたか、また数奇な運命をたどって、どのようにして高僧になったのかという、玄奘の生い立ちが説かれているのである。この場を借りて、そのおおよそのストーリーを見ておこう。

太宗皇帝の御代、陳光蕊という者が科挙試験を受けて合格し、身重の妻の温嬌とともに任地に赴く途中、強盗に殺されてその遺体は洪江に投げ入れられ、温嬌は強盗のものとなってしまう。ひそかに赤子を生み落とした温嬌は、これを木の板に乗せ、涙ながらに江の流れに託した。赤子は幸いにも金山寺の法明和尚に拾われ、江流と名づけられる。かれが十八歳になった日、江流は玄奘という法名をさずけられて僧となる。運命の糸にたぐり寄せられ、母との再会を果たした玄奘は、父の仇を討ち、母を救い出す。殺された父の光蕊は、じつは洪江を管轄する龍王によって救われていて、この世に復活させられる。玄奘は洪福寺でさらなる修行を重ね、やがて高僧となっていく。

以上が、清刊本における第九回の内容である。『西遊記』物語のより古いヴァージョンにあったものが、なんらかの意図によって十六世紀末の『西遊記』を編集する際に削除されたものと思われる。もちろん史実の玄奘には、そんな生い立ちはみあたらないが、江を流れた赤ん坊がやがて高僧になるという説話は、玄奘とは無関係なところで古くから語られていたようだ。だれかが、これを玄奘三蔵の生い立ちにふさわしいと考え、金山寺にまつわるありがたい話として附会してしまったと考えられている。

史実の三蔵は、国禁を犯してひそかに国を出ているのだが、『西遊記』の三蔵は、太宗の弟というお墨付きまで頂戴して、堂々と鳴り物入りで出発する。また、だれもが知っている「三蔵」の名は、じつは出発にあたって太宗から賜わったことになっている。もともと三蔵とは、経蔵・律蔵・論蔵の三種の仏典の総称である「三蔵」に精通した僧に対する尊称であり、古来、「三蔵」と尊称される僧は少なからず存在する。

三蔵の帰国を示す松の枝のエピソードは、唐代の伝奇小説集『独異志』(『太平広記』巻九二)に見えているもの。

コラム　南瓜問題

第十回で、地獄に行った太宗が、現世から冥界に南瓜のプレゼントを約束するというエピソードがあった。つづく第十一回で、生き返った太宗が、南瓜を冥界に送りとどける者を募集したところ、劉全なる者が名乗り出た。かれは服毒して死に、南瓜を冥界にとどけ、また生き返る。この世とあの世の最高支配者のあいだで交わされる、ウリ科の果実の有無をめぐる奇態な会話は、そのままでもおもしろいのだが、そもそもなぜ瓜の話題になっているのか、どうして地獄には南瓜だけが無いのかなど、『西遊記』の謎のひとつでもある。「南無阿弥陀仏」の「南（瓜が）無（い）」じゃあるまいし！

第三部　天竺へ、いざ出発！

第十三〜十四回　孫悟空を弟子にする

第十三回　虎の穴に陥ち金星が厄を解くこと　双叉嶺にて伯欽が僧を留めること

貞観十三年（六三九）九月。二人の従者とともに長安を出発した玄奘三蔵は、やがて国境の町に着く。国境を越えたとたん、妖怪軍団に襲われ、従者たちは熊や虎や牛の魔王に喰われてしまう。太白金星の力に救われた三蔵だったが、さらに猛獣どもに襲われ、猟師の劉伯欽に助けられる。劉は三蔵を両界山のふもとまで送ったが、山からは雷のような声が聞こえてきた。「お師匠さんが来た！　お師匠さんが来た！」

第十四回　心猿が正に帰すること　六賊には踪が無いこと

肝を潰（つぶ）した三蔵（さんぞう）に、伯欽（はくきん）の下男たちが言うには、

「どなっているのは、おおかたふもとの石箱のなかにいる、劫（こう）を経たおサルさまでごぜえやしょう」

「うん、そうにちがいない」と伯欽（はくきん）。

「どんなサルなんです？」

と三蔵（さんぞう）がたずねると、伯欽（はくきん）は、

「この山は、むかしは五行山（ごぎょうさん）といいまして、大唐（だいとう）が西方を征伐して国をさだめてからは、両界山（りょうかいざん）と改めたんです。さいきん古老から聞いた話によれば、王莽（おうもう）が漢（かん）を簒奪（さんだつ）したころ（西暦九～二三）、天からこの山が降ってきて、その下に一匹の不思議なサルを押さえこんだとか。そのサルは、寒さ暑さは苦にもせず、飲み食いもしないそうでして、土地神が見張っていて、腹が減れば鉄の団子を食わせ、のどが渇いたら、溶かした銅の汁を飲ませていたそうです。そのときから今まで、凍（こご）えもせず飢え死にもしておりません。先ほどの

声は、あのおサルさまにちがいありません。お坊さま、恐がることはござんせん。みんなで山を下り、そいつに会いに行きましょう」

三蔵は、否も応もなく、馬を牽いて山を下りました。何里も行かないうちに、その石箱が見えてきました。なかには、たしかに一匹のサルがいるではありませんか。そやつは頭を出して腕を伸ばし、手をバタバタふりながら、こう言いました。

「お師匠さま、どうしてこんなに遅くなったんです？ なにはともあれ、よくぞおいでくださいました。どうぞわたくしを助けてください。西天への旅は、わたしがお助けいたしましょう」

そう言われた三蔵、近くに寄ってよくよく見れば、そのサルのさまたるや、

口はとんがりほほこけて
目玉は真っ赤キラめいて
額はばっちいアカまみれ

鼻のよこちょは泥まみれ
頭のまわりにコケむして
ヒゲかと思えば草でした

といったようす。恐いもの知らずの伯欽は、サルに近づいていくと、その顔にはえたコケや草をむしりとってやりました。

「なにか言いたいことがあるのかな、言ってみるがいい」と伯欽が言うと、サルは、

「あんたじゃない。そっちのお坊さんに用があるんだ。おたずねしたいことがあってね」

「わたしになにをたずねたいというのかね？」と三蔵。

「あんたは東土の王に遣わされて、西天にお経を取りにいくおかたじゃないんですか？」

「いかにもそうだが、どうしてそんなことをきくのかね？」

「それがしは、五百年前に天界でおおあばれをした斉天大聖という者です。おかみをたぶらかした罪によって、如来さまの手で、こんなふうにされちまいました。このあいだ、観音菩薩さまが如来の命によって東土に取経の人を探しにいかれましたが、そのとき、はやくここから出してほしいと頼みましたところ、二度と悪さをせず、仏門に帰依し、取経の人をお守りして天竺に行き仏を礼拝すれば、功徳が積まれて、いつの日かよいことがあろうっておっしゃるんです。そんなわけで、昼も夜も、お師匠さまがいらっしゃるのを、きょうかあすかと首を長くして待っていたわけなんです。ぜひとも、お師匠さまの旅のお供にさせてください！」

これを聞いた三蔵は、思わずうれしくなり、

「おまえがそのように善良な心をもち、観音さまのお教えを守って仏門に入るというのはまことにけっこうであるが、はてさて、どうして助けたらよいのだ？　わたしは斧も鑿ももっていないのだぞ」

「斧も鑿もいりません。お師匠さまに、わたしを助けようというお気持ちが

あるのなら、わたしは自分で出ていきます」

「わたしだっておまえを助けてやりたいが、いったいどうやったら出られるというのだね？」

「この山のてっぺんには、如来が貼りつけた金文字のお札があるんです。お師匠さま、山に登って、そのお札をひっぺがしてください。そうすりゃわたくしめは、すぐに出られるんです」

　これを聞いた三蔵、伯欽のほうをふりむいて、

「山の上までいっしょに行ってはくださらぬか」

と言えば、伯欽は、

「ほんとかウソか、知れたもんじゃねえですよ」

　するとサルは大声をあげて、

「ほんとですよ！　ウソなんか言いませんって！」

　そこで伯欽も、しぶしぶ下男を呼んで馬を牽かせると、みずからは三蔵の手を引いて、ふたたび山に登ることにしました。蔦や葛にすがりながら山頂

にたどり着いてみると、金光があふれ瑞気がただようなか、大きな四角い岩があり、たしかにそこには金の文字で《唵嘛呢叭咪吽》の呪文が書かれたお札が貼られています。三蔵はその岩に近づくと、ひざまずいて金文字を何度も伏し拝みながら、はるか西のかたを仰いで祈りますには、

「仏弟子たる陳玄奘、聖旨をいただき、経典を求める者にございます。かの神猿と師弟の縁あるならば、金文字を剝がして救い出し、ともに霊山に登りとう存じます。もしその縁がなければ、凶悪なる化け物ザルは弟子をあざむいて吉慶をもたらさざるものなれば、金文字を剝がせぬようにしてくださいませ」

そう祈ってからまた伏し拝み、岩に近づくと、金色の六文字のお札にそっと手を触れてみました。と、そのとき、一陣の風がかぐわしい香りを運んできたかと思ったら、たちまちにしてそのお札を引き剝がし、天空高く吹き飛ばしてしまったではありませんか。さらに天からは、こんな声が聞こえてきました。

「それがしは大聖を監視する者なり。きょうこの日をもって大聖の厄難が満ちたことによって、これより如来にまみえて、この封じの札を返納するものである」

これを耳にした三蔵と伯欽たちは、びっくりぎょうてん、天を仰いで伏し拝んで、ただちに山を下り、石箱のところまで来ると、

「封じの札は剝がしたよ。おまえ、出られるんだね」

それをきいたサルはおおよろこび、

「お師匠さま、ちょっとばかり離れていてください。そのほうが出やすいんで。でないと、お師匠さまを驚かせてしまいますからね」

伯欽は三蔵たちを連れて、山の東のほうの道をもどりましたが、五、六里も行ったところで、またサルの声が聞こえてきました。

「もっともっと！　もっと離れてください！」

みんながさらに進んで山のふもとまでやってくると、いきなりものすごい音が響きわたりました。さながら大地が裂け、山が崩れたかのよう。みんな

は恐ろしさでふるえあがってしまいました。

ふと気がつけば、くだんのサルは、早くも三蔵の馬の前まで来ているではありませんか。すっぽんぽんのままでひざまずくと、

「お師匠さま、出てきましたよ！」

そう言って、三蔵に四拝の礼をほどこしました。さらにサッと立ちあがると、こんどは伯欽に向かい、手をこまぬいてあいさつをし、

「あにき、このたびは、お師匠さまを送ってもらって、ほんとにお世話になりました。そのうえ顔の草むしりまでしてもらっちまって」

そう言って礼をほどこすと、早くも荷物をこしらえて馬の背にくくりつけています。馬はかれを目にするなり、へなへなと体から力が抜けてしまい、しゃんと立っていることもできなくなりました。そもそもこのサルは、かつて弼馬温（ひつばおん）の任にあり、天界では龍馬（りゅうば）の世話をしていたものですから、馬のあつかいには慣れているのでした。そのため地上の凡馬は、このサルには一目置いていたわけです。

三蔵（さんぞう）、そのサルをよくよく見れば、まことに心がけもよく、仏門に帰依した者としても恥ずかしくない様子。そこで声をかけて、

「弟子よ、おまえの姓はなんという？」

「孫（そん）といいます」

「ならばわたしが法名をつけてしんぜよう。そのほうが呼びやすいだろう」

「それにはおよびません。法名ならば、もうあるんです。悟空（ごくう）と申します」

きいて三蔵（さんぞう）はよろこび、

「それならわたしたちの宗旨にぴったりだ。それにしても、おまえの様子は

> いかにも小坊主といったところだから、いまひとつ綽名をつけてやろう。〈行者〉というのはどうだね」
>
> 「けっこうですね。ありがたや」
>
> このときから、悟空は行者とも呼ばれるようになったのでした。伯欽は、孫行者が熱心に西天への旅のお供を願っているのを見ると、三蔵のほうに向きなおって礼をほどこし、
>
> 「お坊さま、うまいぐあいによいお弟子ができましたね。まこと、めでたいことです。このお弟子ならば頼りになるお供となりましょう。それがしとは、このへんでお別れです」
>
> 三蔵もまた身をかがめて礼を返すと、感謝のことばを述べました。
>
> こうして、それぞれ東と西へ、別れを告げたのでした。

如来によって山に封じこめられた悟空が、三蔵の力で解放され、その弟子となる場面である。劉伯欽によれば、この山が天から降ってきたのは、王莽が漢を簒奪したこ

ろ（西暦九〜二三）であるとのこと。悟空と三蔵の出会いは、貞観十三年（六三九）だから、悟空はおよそ六百年のあいだ五行山に閉じこめられていたことになる。そのあいだ、鉄の団子と銅の汁を摂取していたというのだから、その肉体はさぞや金属質なものになっていたことだろう。

観音にしても三蔵にしても、自分の弟子に法名を付けたがる傾向があるようだが、三蔵は悟空から「法名なら、まにあってます」と言われたことで、〈行者〉という綽名をつけてやった。〈行者〉といえば、『水滸伝』では武松の綽名でもある。『西遊記』の地の文では、悟空のことをいうのに、悟空、大聖、行者などを使い分けている。翻訳では混乱を避けるために、ほぼ悟空で統一していることを断わっておこう。

コラム　頭に嵌められた箍

こうして三蔵の弟子になったのもつかの間、山賊を殺したことを三蔵にたしなめられた悟空は、カッとなって花果山に帰ろうとする。観音はそんな悟空を説得するいっぽうで、三蔵には、金の箍と呪文「緊箍呪」を授ける。

この箍は、もともと如来が観音に託したものであった（第八回）。強い神通力の妖魔がいたら、それを取経の者の弟子とさせ、言うことを聞かない場合はその頭に嵌め、呪文をとなえれば頭の肉に食いこむというすぐれもの。箍は三種あり、通称は「緊箍児」だが、それぞれが「金箍児」「緊箍児」「禁箍児」と呼ばれ、悟空の頭に嵌めたものは「緊箍児」であった。のこりの「禁箍児」は黒風大王に使い（第十七回）、「金箍児」は紅孩児に使われた（第四十二回）。したがって、必ずしも取経の者の弟子の頭に嵌めて使われたわけではないようである。いずれにせよこの箍は、如意金箍棒とともに、悟空を悟空たらしめる、当人にとってはいささか迷惑なアトリビュートとなったわけだ。

第十五回　龍王の三番めの太子、白馬になる

第十五回　蛇盤山にて諸神が暗に祐けること　鷹愁澗にて意馬が轡を収めること

しばらく行くと、蛇盤山の鷹愁澗という谷川にさしかかる。いきなり一匹の龍が飛び出してきたかと思ったら、三蔵の馬をひと呑みにし、さらに三蔵を食おうとした。悟空が三蔵を助けると、龍は水中に姿をくらました。悟空は龍と一戦交えたものの、逃げられてしまう。土地神に訊ねたところ、それは罪を得た龍で、取経の者を助けるべく観音菩薩が選んだ者の一人であるという。悟空は観音菩薩に相談に行こうとすると、三蔵の守護神である金頭掲諦が現われて、自分が行って観音を呼んでこようと言う。

さて金頭掲諦、さっと雲を走らせれば、早くも菩薩のいる南海です。瑞

祥あふれる光をおろすと、まっすぐ落伽山の紫竹林に向かいました。そこで金の甲冑を身にまとった神々と木叉恵岸に取りついでもらい、観音菩薩にまみえることができました。

「おまえは、なにをしに来たのです？」

掲諦は答えて、

「唐僧が、蛇盤山の鷹愁澗にて馬を失いました。そのためにあせった孫大聖は、進退きわまり、当地の土地神にたずねたところ、土地神が言うには、馬は、菩薩さまがこの谷川に送った悪龍が呑みこんでしまったとのこと。そこで大聖はそれがしに命じ、菩薩さまにこの悪龍を退治し、馬をとりもどしていただきたく、参じた次第にございます」

これを聞いた観音、

「そやつはもともと西海龍王敖閏の息子なのです。火事をおこして殿上の明珠を灰にしてしまったために、その父が不孝者と訴え、天宮で死罪とされたもの。そこをわたしがみずから玉帝にお目にかかって、下界におろしてもらい、唐僧の足として使うことにしたのです。なんでまた、唐僧の馬を食べてしまったんでしょうね？　まあ、そういうわけなので、さっそく行くとしましょう」

そう言うと、菩薩は蓮台から降り、仙洞を出て、掲諦とともに祥光を放つ雲に乗って南海から飛んでいきました。

（中略）

観音菩薩と掲諦のふたりは、ほどなく蛇盤山につきました。天空に雲をとどめ、頭を低くたれて見下ろせば、おりしも孫悟空が谷川のほとりで、大声でののしっているところでした。菩薩は掲諦に悟空を呼んでくるよう言いつけると、掲諦は雲をおろし、三蔵のところには寄らず、そのまま谷川のほとりに行き、悟空に向かって、

「観音菩薩さまがいらっしゃいました」

聞いて悟空、パッと雲に乗って空中に飛び上がると、観音に向かって大声で、

「あんたは七仏の師で、お慈悲の教主なんだろう？　なんでまた、おれさまを苦しめる算段ばっかりするんだね？」

「この大胆不敵なサルふぜいが！　田舎者まるだしの赤尻め！　わたしは再三にわたり意を尽くして、取経の人を済度し、おまえの命を救ってやるよう、よく言い含めておいたのだ。なのにおまえときたら、命の恩人のわたしに感謝するどころか、逆に悪態をついてわめきちらすとは、いったいどういうつもりかね？」

「あんたはおれさまに、よくしてくれたさ。だけど五行山から出してくれたんなら、勝手気ままに遊ばせてくれりゃいいんだ。こないだ、海の上でばったり出くわしたときだって、おれさまをののしったけど、まじめに唐僧のお供をしろっていうのなら、それでいいだろうに、なんでまた、あいつに頭巾を送り、だまして頭にはめさせ、おれを苦しめにゃならんのだ？　この箍を孫さまの頭にへばりつかせ、あいつに『緊箍呪』とやらを教えただろ。あの坊主がそれをとなえればとなえるほど、こっちの頭はぎりぎり痛くってたまらないんだ。これでもあんたは、おれを苦しめてないっていうのかい？」

すると菩薩(ぼさつ)は笑って、

「このサルめ、おまえは言いつけを守らないし、正果(しょうか)を受けようとしないから、そのようにしてしばりつけておかないと、いつまた天をないがしろにしないともかぎらぬ。好(よ)いも悪いもわきまえないやつだからね。もしまた、むかしみたいな騒ぎをおこしたら、だれが取り押さえられるっていうの？　おまえには、そういう泣きどころをもってはじめて、わが瑜伽(ゆが)の門に入れるというものでしょう」

「こいつがおれの泣きどころだってことは、まあよしとしましょう。でも、なんであんな罪作りな悪党の龍を、こんなところに送りこんで化け物にしたて、師匠の馬を食わせたりするんです？　これって、悪党をのさばらせておいて悪事もしほうだい、けしからんことじゃないんですかね？」

「あの龍は、わたしが玉帝(ぎょくてい)にじかに奏上して、こちらに下ろしてもらったもの。取経の者の足とするためにね。考えてもごらんなさい、東土(とうど)から来た凡俗の馬に、万の川、千の山を越えていく力があると思う？　あの霊山仏地までたどりつける？　この龍馬じゃないと行くことは難しいの」

「だけどね、あんなふうに孫(そん)さまをこわがって、潜ったきり出てこないようなやつを、どうしろっていうんです？」

すると菩薩(ぼさつ)は掲諦(ぎゃてい)を呼び、

「おまえ、川のほとりに行って、ひと声かけてみてちょうだい。『敖閏龍王(ごうじゅんりゅうおう)の玉龍三太子(ぎょくりゅうさんたいし)、出てきなさい。南海観音菩薩(なんかいかんのんぼさつ)がここにいるよ』って。それですぐに出てくるよ」

掲諦(ぎゃてい)は、言われたとおりに川のほとりへ行って二へんほど叫んでみました。

すると、かの龍は波をけたてて川面(かわも)から飛び出してきたではありませんか。

龍は人の姿に変ずると、雲を踏みつつ空中から菩薩(ぼさつ)に向かって拝礼して、

「せんだっては、菩薩(ぼさつ)さまより、解脱(げだつ)して命を救われるご恩をこうむりました。この地で久しく待っておりましたが、取経の人のたよりは、いまだ耳にいたしません」

すると菩薩は悟空を指さして、

「これが取経の人の第一の弟子なのだよ」

龍は悟空を見て、

「菩薩さま、こやつはわたしの仇でございます。きのう、わたしはどうにもひもじかったので、たしかにやつの馬を食いはしましたが、やつは馬鹿力にものを言わせてわたしと戦おうとするものですから、わたしもひるんで逃げ帰りました。そのうえ口汚くののしるものですから、わたしは門を閉じて出ないようにしていました。やつは『取経』などということばは、ひとことも口にしておりませんでしたよ」

それを聞いた悟空、

「おまえだって、おれの姓も名もきかなかったぞ。きかれもしないのに、どうして言えるってんだ！」

すると龍は、

「おれはおまえに、『おまえは、どこから来たいたずら妖魔だ？』ってきいだ？」

たじゃないか。そしたらおまえは『どこから来ようと関係ねえ。おれの馬をかえせ』ってわめいただろ。どうして唐僧の『唐』の字も言わなかったんだ？」

観音菩薩、

「このサルは思い上がったところがあるから、人のことをたてたりなんかしませんて。これから先も、帰依する者に出会うから、たずねられたら、なによりも先に『取経』の二字を口に出しなさい。そうすれば、いらぬ心配をすることもなく、むこうから頭をさげてくるはず」

悟空もよろこんで、その教えを胸に刻んだのでした。

観音菩薩は龍の前に進み出ると、うなじの下の明珠をつまみ取りました。さらに楊柳の枝に甘露をひたし、龍の身にサッとふりかけ、口から仙気を吹きつけると、

「変われ！」

と叫びます。すると龍は、かれが食べてしまった馬と毛並みがそっくりな馬

に変じたではありませんか。観音は、さらにことばをかけ、

「心して罪をつぐないなさい。功が成ったあかつきには、凡龍を超越して金身の正果を得られるからね」

龍は口の奥で横骨をくわえ、そのことばを胸に刻みました。菩薩は、この馬を三蔵のところに連れていって会わせるよう悟空に命じて、

「わたしは南海にもどります」

と言いました。すると悟空は、菩薩の袖を引っぱって返そうとしません。

「おれは行かない。行かないことにしたんだ。西方への道はあんなにけわしいし、あんな凡体の坊主を守りながらなんて、いつになったらたどり着けるやら、わかったもんじゃねえ。これだけ難儀にぶつかるんじゃあ、孫さまの命だってあぶないってもんだ。功だの正果だのも、あてになるもんか。行かない、行かないぞ！」

それを聞いた菩薩、

「おまえはむかし、まだ人の道を成していなかったころは、懸命に修行には

げもうとしていたものだ。なのにいま、天による厄災を脱したとたん、怠け者になってしまったのはどういうわけだね？　わが仏門においては、寂滅をもって真となすには、信心をもって正果を得ることが肝要。もしその身が傷つくほどの苦境に到ったら、天に叫べば天は助けてくれるし、地に叫べば地は力を貸してくれましょう。それでもなお危急から脱しきれぬ場合は、わたしもみずから助けに来よう。こちらに来なさい。もうひとつ力を授けてやろう」

菩薩は楊柳の葉を三本とると、悟空の頭のうしろにあてて、

「変われ！」

と叫びます。すると三本の葉は、命を救う三本の毛となったのでした。

「おまえが進退きわまり、救ってくれる者もいないとき、これが必要なものに変じて、おまえを苦境から救ってくれるであろう」

これほど多くのありがたいことばを観音菩薩からいただいた孫悟空、さすがに今回は大慈大悲の観音さまにお礼を述べたのでした。菩薩は芳香のする

風をただよわせ、色鮮やかな雲霧（うんむ）をなびかせながら、普陀山（ふださん）へと帰っていきました。

こうして悟空（ごくう）は雲をおろすと、かの龍馬のたてがみを引っつかみ、三蔵（さんぞう）のもとに飛んで行きました。

「お師匠さま、馬を手に入れましたよ！」

三蔵（さんぞう）はそれを見るなり、おおよろこび、

「悟空（ごくう）や、この馬は、どうして前より少し肥えたのだろう？　どこで見つけたのかね？」

「お師匠さま、あなたはまだ夢を見ているんですか？　さきほど金（こん）

頭掲諦が観音菩薩を呼んできてくれて、あの川のなかにいた龍を、われわれの白馬に変えたんですよ。毛色はおんなじですが、鞍とくつわがないので、孫さまがひっつかまえて運んできたというわけです」

聞いて三蔵は、びっくりぎょうてん、

「菩薩さまは、いずこにいらっしゃる？　お礼を申しあげねば！」

「いまごろはもう南海ですよ。とっくのむかしにね」

三蔵は土を摘まんで香のかわりにし、南海を望んで礼拝したのでした。

三蔵と悟空の二人旅に、まず加わるのが、西海龍王敖閏の息子である。すでに見たように、あやまって火事をおこし、殿上の明珠を灰にしてしまったがために、その父敖閏が不孝者と訴え、天宮で死罪判決を受けたところ、長安に飛ぶ途中の観音菩薩に助けられ、三蔵の弟子となるように言いつかわされた、というわけである。ここでは、あやまって三蔵の白馬を食べてしまったので、かわりに白馬の姿となって三蔵を天竺まで乗せていくことになる。白馬はあまりしゃべらないし、ほかの三人とくらべるならば、あまり派手な活躍もしないので、三蔵の弟子、あるいは取経のメンバーの一人とは認識されていないかもしれない。

すでに解説でも述べたことだが、『西遊記』成立の歴史においても重要な資料が、福建省泉州の古刹、開元寺の境内に屹立する、東西の双子の石塔である。これらは十三世紀の南宋に建てられたものだが、塔の各層の外面には、仏教の歴史に関わる人物のレリーフが彫られている。特に西塔の第四層には「唐三蔵」が、その三文字を付して造形されている。そして同じく第四層には、猴の顔をした武人が彫られ、これは『取経詩話』に見える猴行者とも目されている。これと対になって彫られているのが、馬となって活躍したらしい、人の姿をした龍の化身の像だが、銘文には「東海火龍太子」とある。ちなみに『西遊記雑劇』では、白馬になるのは「南海火龍三太子」である。

『西遊記』には、いたるところで龍族が顔を出す。まずは東西南北の四海を治める龍王たち。悟空は武器の調達をするのに、東海龍王敖広のもとに行き、かれの主要な得物となる如意金箍棒をせしめる。さらにその弟たちの、南海龍王敖欽からは鳳翅紫金冠を、北海龍王敖順からは藕糸歩雲履を、西海龍王敖閏からは鎖子黄金甲を、それぞれ献上させる。このことで龍王たちは不満をつのらせ、玉皇大帝に訴えることになる（第三回）。

その西海龍王敖閏の息子が、罪を犯して死刑になるところを、観音のとりなしで助けられたのが、白馬となる玉龍三太子、または龍馬三太子である（第十五回）。

四海だけでなく、河川を管轄する龍王もいる。それが、魏徴によって首を斬られ、唐太宗を冥界に引っ立てることになる涇河龍王だ（第九回）。また、明刊本では省略された第九回に見える玄奘の生い立ちのエピソードにおいて、玄奘の父である陳光蕊を助けるのが、洪江の龍王である（『西遊真詮』第九回）。さらにずっと先の話だが、黒水河で三蔵たちを襲う鼉龍は、西海龍王の甥にあたり、魏徴によって首を斬られた涇河龍王の息子であるという。悟空は西海龍王に訴えて鼉龍を捕らえさせる（第四十三回）。

龍といえば、高貴な聖獣のイメージがあるが、この回でも「凡龍」という単語が観音の口から発せられているように、そうでもない、パッとしない龍が多いのである。

この回では、困った悟空が観音に相談しているが、これ以降、策に窮した悟空は、すぐに観音に相談することになる。

コラム　白馬はなぜしゃべらない？

観音菩薩（かんのんぼさつ）の力で白馬に変身させられた西海龍王敖閏（せいかいりゅうおうごうじゅん）の息子は、この先、ほぼ口をきかなくなる。ほかの三人の弟子たちがどれもおしゃべりなのに対して、この玉龍三太子（ぎょくりゅうさんたいし）だけは無口なキャラクターだ。太子が白馬に変身したところで、口の奥で「横骨」をくわえたとある（原文「口銜着横骨」）。「横骨」というのは、動物の舌や喉（のど）、もしくは腹に生じていると考えられた骨のことで、俗説では、動物はこの横骨があることによって発語の機能が阻害されるため、ことばをしゃべることができないのだという。人にはこの骨が無いので、しゃべることができるのだ。中国の通俗文芸において、動物はなぜしゃべらないかという理由の説明として、しばしば見られる表現だ。

たとえば、明代の小説『封神演義』の第十九回では、伯邑考（はくゆうこう）が紂王（ちゅうおう）に、美しい歌声を奏でる白猿を贈ったとのエピソードが書かれているが、その白猿は「千年をへて得道した猿であり、修行によって、十二重楼の横骨がまったく無くなった。そのため、うまく歌がうたえるのだ」と説明されている。「十二重楼」とは、喉を意味する道教の術語である。かくして玉龍三太子は、これ以降、黙して語らぬ白馬になったというわけだ。

そんな白馬も、必要に駆られてしゃべることもある。それは、まだずっと先の第三十回のことだ。悟空を破門し、花果山に帰してしまった三蔵が妖魔に捕らえられたことを知った白馬は、ふたたび龍の姿へと変じ、ひとり妖魔と戦うが、力が足りず負傷してしまう。白馬の姿となって傷を癒やしているところに八戒がやってきた。

　白馬はそれが八戒であると知るや、とつぜん人のことばを話しました。
「あにき」
　あほうはぶったまげてひっくりかえりました。起きあがって外に逃げようとするところを、白馬はその体をまさぐり、着物を口でくわえると、

「あにき、おれだよ、こわがってどうする」

八戒は、おどおどしながら言いました。

「おとうとよ。おまえ、なんでまた、きょうになってしゃべりはじめたんだ？　おまえが口をきくからには、きっとまずいことになっちまったんだろうな」


こうして玉龍三太子は、なんとかして悟空を呼びもどすよう、ことばを尽くして八戒を説得するのだった（特に「横骨を外した」とは書かれていないが）。これこそは白馬最大の功績かもしれない。

第十六～十七回　黒風洞の黒風大王

第十六回　観音院の住職が宝物に手を出すこと　黒風山の妖怪が袈裟を窃み取ること

観音禅院という寺で一夜の宿を借りた一行。三蔵の袈裟を自分のものにしようと考えた住職は、三蔵たちが休んでいる部屋に火を放つが、悟空の働きで三蔵は守られ、丸焼けになったのは住職たちが住む寺院のほうだった。ところが三蔵の袈裟は何者かによって盗まれてしまう。寺は灰となり、袈裟は無くしたということで、住職は頭を壁に打ちつけ、みずから命を絶った。

第十七回　孫行者が大いに黒風山を鬧すこと　観世音が熊羆怪を収め伏すること

袈裟を盗んだのは、黒風山黒風洞に棲む黒風大王という妖怪らしい。悟空は雲に乗って黒風山に飛ぶ。出てきたのは、黒ずくめの黒熊の化け物。石の門を閉じて隠れてしまったので、困った悟空は観音菩薩のもとにおもむく。ふたりは、観音が大王の友人に化け、悟空が薬に化け、大王を騙して薬を飲ませる。悟空は腹のなかで大暴れ。耐えきれない大王は降参して観音に帰依し、袈裟は無事に三蔵のもとにもどった。

第十八〜十九回　猪八戒を弟子にする

第十八回　観音院にて唐僧が難を脱すること　高老荘にて行者が妖魔を降すこと

取経の一行は、烏斯蔵国の高老荘というところに来た。ここで宿を借りた家では、困ったことが起きていた。三女のもとに婿入りした男が、じつはブタの妖怪で、娘を軟禁しているのだという。悟空は娘に化けて妖怪の帰りを待つことにした。

悟空は神通力を使って身をひと揺すりすると、たちまち娘の姿そっくりに化け、ひとり部屋のなかで、妖怪が現われるのを待ちました。ほどなくして、一陣の怪しい風がおきると、まさしく石を走らせ砂を飛ばします。

（中略）

狂風が吹きすぎたあとに、天空から舞い降りてきたのは一匹の化け物。なるほど、見るからにみにくいやつで、黒い顔には短い毛がびっしり生え、とんがった口にバカでかい耳。黒とも藍ともつかぬ色の木綿の直裰をまとい、模様のついた手ぬぐいをぶらさげています。悟空は腹のなかで、「なんとまあ、こいつが商売相手かよ！」と笑うのでした。あっぱれ悟空、そいつを出迎えるでもなく、声もかけず、ただベッドに横たわったまま病気に臥せっているふりをして、しきりにウンウンとうめいていました。妖怪は、それが偽物だとはつゆほども知らず、部屋に入るなり抱きついて、口づけをしようとしました。「こいつ、おれさまといいことしようってか！」とおかしさをこらえる悟空、拿捕の術によって、指をそのとんがった口の下にあてがい、ひょいとひねってやると、やつは頭からひっくりかえり、床の上にドスンとたたきつけられました。妖怪は、はい上がるとベッドのふちにつかまって、「ねえちゃん、なにを怒っているの？　おいらの帰りが遅かったから怒ってるんだろう？」

「べつに怒ってなんかいないわ」と悟空。

「怒ってないんなら、おいらを投げ飛ばすことなんかないじゃないか」

「あなたって、ホントにせっかちなんだから。すぐに抱きついて口づけだなんて。あたし、きょうはあまり気分がよくないの。気分がよかったら、起きて、門をあけて待っているわ。それよりあなた、はやく着替えてお休みなさいな」

妖怪は、どうにも解せない様子ですが、娘に言われたとおりに、着物を脱ぎにかかりました。その隙に悟空はひょいと飛び上がって浄桶の上にしゃがみこみました。ベッドにもどった妖怪は、布団のなかをまさぐりますが、娘はいません。

「あれ？ ねえちゃんはどこに行っちゃったのかな？ おまえも着替えて寝ようじゃないか」

「あなた、先に寝ててちょうだい。あたし、ちょっと用をたさせていただくわ」

妖怪は言われたとおりに着物を脱いでベッドにもぐりこみます。すると悟空は、いきなりため息をついて、

「あたしって、不幸！　不幸！　だあーい不幸！」

妖怪、

「いったいなにが嫌なんだい？　どこが不幸だっていうんだい？　この家に来てからというもの、そりゃおいらは大食らいだけどさ、べつにただ食いしてるわけじゃなし、おまえの家のためには、けっこう働いてきたじゃないか。庭の掃除にドブさらい、煉瓦干しから瓦はこび、土捏ねから土塀づくり、土を起こして田んぼをたがやし、麦を蒔いて稲を植える、なにからなにまでおたくの家の仕事には精を出したさ。いま、おまえが着ている絹の着物だって、頭に挿している金のかんざしだって、四季おりおりの花に果物、八節ごとの野菜に料理、なにひとつおまえに不自由はさせていないだろう。それでもまだ不満があるっていうのかい？　どうしてそんなため息をついて、自分は不幸だなんて言うんだい？」

「そんなことじゃないの。きょう、お父さまとお母さまが、垣根のむこうから煉瓦や瓦を投げてよこし、あたしのことをあれこれ叱るのよ」

「なんだって叱るんだい？」

「あたしはあなたと夫婦になったんだから、あなたはこの家の入り婿なわけだけど、まったく礼儀をわきまえないって言うの。あんなみにくい顔の婿なら、親戚や兄弟にも会わせられない。そのうえ雲や霧にのって飛んでいくし、まったくどこのどいつやら、姓はなんで名はなんなのかさえ、まったくわからない。こんなことじゃ、お父さまの人徳に傷をつけ、家名を汚してしまうって。それでひどく叱られて、落ちこんでいたのよ」

それを聞いた妖怪、

「おいらはね、ちっとはみにくい顔かもしれないが、いい男になろうと思えば、なれないことはないんだ。そもそもはじめてこの家に来たときに、おまえのお父さんにはなにもかもすっかり話したんだよ。そのうえで、お父さんに、ぜひと請われてここの婿になったんだ。なのに、いまになってなにを蒸しかえしているんだろう？　おいらの家は福陵山(ふくりょうさん)の雲桟洞(うんさんどう)にある。この顔を姓にしたから、姓は猪(ちょ)だ。正式な名は猪剛鬣(ちょごうりょう)さ。お父さんがまたとやかく言ってきたら、いま言ったように説明してやってくれ」

　聞いて悟空(ごくう)はおもしろくなり、思いますには、「――この妖怪め、意外にすなおなやつなんだな。痛めつけなくても、はっきりとしゃべりやがった。住み処(か)と名前がわかったからには、捕まえるのはたやすいことだぜ」

　そう考えると、妖怪に向かって言いました。

「お父さまは、お坊さまに頼んで、あなたを捕まえるんですって」

　すると妖怪は笑って、

「さあさあ、もう休もうじゃないか。お父さんの言うことなんか、ほっとけほっとけ！　おいらはね、天罡(てんこう)の数だけ三十六種の変化の術をもっているし、九本の歯がついたまぐわだってもっている。なにが坊さんだよ！　和尚だか道士だか知らんが、そんなもの、おいらの相手じゃない。お父さんが信心深くて、九天の蕩魔(とうま)祖師に来てもらったとしても、祖師とおいらは昔なじみだから手出しはできねえよ」

　悟空、

「お父さまがいうには、五百年前に天宮を大いに鬧がせた、孫という姓の斉天大聖にお願いして、あなたを捕まえてもらうんですってよ」

　妖怪は、その名を耳にするなり、いささか怖じ気づいた様子になって、

「そ、そんならおいらは、ずらからせていただこう。退散、退散。夫婦の縁もこれまでだ」

「どうして出ていっちゃうの？」

「おまえは知らんだろうけど、その天宮を鬧がせたやつは弼馬温っていってな、なかなかの腕前なのだ。このおいらも、あいつにはかなわないかもしれない。やられちまったら、こっちはとんだ恥かきだ」

　そう言うと、化け物は着物をひっかけ、窓をあけて外に出ようとします。悟空、そうはさせじと妖怪をひっつかまえ、自分の顔をつるりとなでて、もとの姿を現わすと、大音声に怒鳴りつけ、

「たいした化けもんだぜ！　どこに逃げようってんだ？　おれさまのお顔をよっく拝んでみやがれ！」

　ふりかえって見ると、それは、歯を剝いて口をとんがらせ、燃えさかる火のような金色の目玉をギラつかせた、突き出たおでこに毛むくじゃらの顔。それはまるで地上に降りた雷公といったところ。化け物は、慌てふためき、手脚からへなへなと力が抜け、つかまれた着物をビリッと引きちぎると、一陣の狂風と変じて遁走しようといたします。逃がすものかと急ぎ追いかける悟空、如意棒をぬくと、狂風めがけて打ちおろします。化け物は万条の光と変じ、いちもくさんに住み処のある山のほうへと逃げていきました。悟空は、雲を走らせ、これを追います。

「化け物め！　どこに行く？　天の果てなら斗牛宮まで、地の果てなら地獄までも追いかけてやるぜ！」

第十九回　雲桟洞にて悟空が八戒を収めること　浮屠山にて玄奘が心経を授かること

妖怪を追って住み処の洞窟まで行った悟空、ブタの妖怪との壮絶な戦いが展開される。妖怪は、もとは天界の天蓬元帥で、かつて悟空が暴れたときには、さんざん迷惑を蒙ったらしい。妖怪が、ここで取経の者を待っていることを告げると、悟空は「そりゃおれたちのことだ」と教えてやる。妖怪は三蔵に拝礼して弟子入りを果たす。三蔵は、この妖怪、すなわち猪悟能に、かれが五葷三厭を断っていたことに因んで、さらに八戒という綽名を与えた。三人は西への旅をつづける。

妖怪の姓は観音から賜わった〈猪〉で、正式な名前は〈猪剛鬣〉だと言っている。剛鬣というのはブタの頭のうしろに生えている剛毛のことで、ブラシの材料などに使われるものである。法名も観音から賜わった〈悟能〉。さらに三蔵からは〈八戒〉の名を賜わる。

ここで八戒のこれまでの人生をおさらいしておこう。第十九回で、本人の口から詠われる自己紹介の詩によれば、もともとひとりの怠け者の男だったのだが、ある日、仙人に出会って諭され、熱心に修行することにしたらしい。修行の成果あって、かれは仙人となり、さらに天界において出世し、天蓬元帥という、相当に偉い役職にまで昇りつめた。天蓬元帥は北極四聖のひとりで、天河の水軍を統率しているらしいのだが、かつて悟空が天界を荒らした際にも、その対応に当たっている。その天蓬元帥が、あるとき酒に酔ったいきおいで月の女神の嫦娥につきまとったため、天帝のお裁きを受け、セクシャル・ハラスメントの罪を得て下界に追放されてしまう。その際にメスブタの腹のなかに落ちてしまったので、ブタの姿で転生してしまい、その後は人を食ってくらしているということだ。観音はかれをたしなめ、取経の者を助ける仕事を与え、姿かたちが猪であることから、姓を「猪」とすることとし、「猪悟能」という法名を与えた。

　いまさらながら、八戒はもちろんブタである。そして黒ブタである。「猪」は日本ではイノシシと訓まれるが、中国語ではブタの意味である。人類がイノシシを長い歳月をかけて食用に特化した動物として家畜化したものがブタであると定義してよいのであれば、やはり八戒はブタでなければならないだろう。かれはみずからが「食うもの」であり、同時に「食われるもの」でもあるという、ある種の矛盾とともに生をいとなんでいるともいえるのだ。そして、図像的にも黒ブタである。これは、中国のブタの在来種が黒ブタであることによるが、世界に散在する「黒い神々」に連想を飛躍させるならば、そこにはさらに神話的な意味が託されていそうだ。

『西遊記』の世界には、「名詮自性」の原理がまかり通っている。すなわち、名前がその正体を表わしているというものだ。孫悟空の「孫」はサルを意味する「猻」に由来するし、猪八戒の「猪」はブタ。沙悟浄にもサルやブタのような「正体」があるかどうかは謎だが、「沙」は「砂」を連想させ、砂漠の妖怪のイメージを喚起させる。

このなかでもっとも解せないのが、じつは猪八戒である。現存する最古であり最長の『西遊記』は、十六世紀末、明の万暦年間に刊行されたものだが、それ以前、元の時代には、すでにけっこう長めの元刊本『西遊記』が作られていたと考えられている。先に述べたように、朝鮮で作られた中国語会話教科書『朴通事諺解』に、その概要が紹介されているからだ。そこに紹介されている「黒ブタの妖怪」の名は「猪八戒」ではなく「朱八戒」となっている。これ以外の明代の文献にも、しばしば「朱八戒」の名が見えている。孫悟空のように「名詮自性」の原理を通すとしたら、その正体なり特性を、それと類似した音の一般的な中国人の姓に変換するのが自然な手続きだろう。「猪」八戒は、中国人の姓名としてはきわめて不自然であり、むしろ「猪」と同音の「朱」八戒とするのが自然な命名法であるといえる。そう考えると、明刊本に先行する元刊本『西遊記』に見える「朱八戒」のほうが、本来のあるべき名前だったのだろう。それが「猪」への改姓を強いられた理由としては、明朝皇帝の姓が朱であることに配慮した結果であるとされている。ところが、すでに朱王朝ではなくなってからも、猪八戒の名はそのまま引き継がれ、現代まで生き延びてしまったのだった。

ちなみに、会話の中にだけ登場する蕩魔祖師とは、真武大帝の民間での俗称。宋代以来、真武大帝、天蓬元帥、天猷元帥、翊聖元帥の四神は、北方の四聖とされた。「昔なじみ」と言ったのは、そういうことによる。

コラム　八戒の故郷はどこ？

八戒の故郷ともいうべき高老荘が位置する烏斯蔵国とは、どこだろう？　これは、明代にみんにおけるチベットの呼称なのである。チベットの、現在のラサなどが位置する中央チベット「ウ（Dbus）」地方と、シガツェ、サキャなどが位置する西部チベット「ツァン（Gtsang）」地方を、まとめて「ウ・ツァン（Dbus・gtsang）」と称し、チベットの中心地域とみなされた。明代にはこれを「烏斯蔵国（Wu-Si-zang）」と漢字表記し、清代しんには「衛蔵（Wei-zang）」、もしくは中国の西方に位置することから、「西蔵（Xi-zang）」と表記していた。

歴史上の三蔵は、チベットなど通ってはいないのだが、地図で見るだけなら、チベットを経由してヒマラヤを越えたほうがずっと近いのだ。実際に、清代の旅行記を読んでいると、チベットを経由してヒマラヤを越え、ネパールからインドに抜けるコースは、むしろふつうなのである。史実の三蔵がわざわざ遠回りを選んだのにはそれなりの理由があるが、いずれにしても、『西遊記』を享受した人々の多くは、取経の旅がチベット経由でおこなわれたことには、それほど違和感を覚えなかっただろう。それかあらぬか、実際のチベットには、おもしろい伝承がのこっている。

乾隆年間のチベット地誌『西蔵志』「事跡」には、次のような記載が見える。「伝説によれば、むかし三蔵が取経の旅に出たとき、チベットの地をも歩いたという。（中略）猪八戒が婿入りをしたという高老荘もまた、現在の採里であるという。真偽のほどはさておき、俗伝とはそのようなものだ」と。また、清末の『衛蔵通志』（一八九六）には、四川省からラサに入る際に経由する徳慶という町について、「この地には宿が多い。旅人はいつもここで休んでいく。街道に沿って四十里（一里は五百メートル）で蔡里にいたる。采里とも書く。俗に『西遊真詮』に書かれている高老荘であると伝えられている」との記載がある。

清代の中国人によるチベット旅行記には、このような言及がいくつか見え、猪八戒が婿入りした土地というご当地伝説にまでなっていた。遠くチベットの地でも、なんらかの形で『西遊記』の物語が親しまれていたという証拠であろう。

ちなみに、四川省のチベット族居住地域には、地名をすべてチベットのそれに置き換えた、チベット語版『西遊記』が存在していた。金沙江沿いの町、バタン（巴塘）に写本が伝わっている。

第二十～二十一回　黄風大王との戦い

第二十回　黄風嶺にて唐僧が難に遭うこと　山の半ばで八戒が先を争うこと

黄風嶺に通りかかった一行は、黄風大王の手下だという虎の妖怪、虎先鋒に襲われる。八戒と悟空がこれを相手に戦っている隙に、三蔵がさらわれてしまった。黄風大王が食事のおかずにするらしい。悟空は三蔵を救うべく黄風洞に向かい、戦いを挑んだ。虎先鋒が相手をするが、虎先鋒は八戒によって退治されてしまう。

第二十一回　護法が荘を設けて大聖を留めること　霊吉が小須弥にて風魔を定めること

黄風大王に戦いを挑む悟空だったが、激しい狂風に襲われて目をやられてしまった。目が治ってから、大王の洞窟（どうくつ）におもむいた悟空（ごくう）は、藪蚊（やぶか）に化けて侵入する。そこで大王と手下の会話を盗み聞きした悟空（ごくう）、狂風を抑えられるのは霊吉菩薩（りょうきつぼさつ）しかいないことを知る。霊吉（りょうきつ）のいる小須弥山（しょうしゅみせん）まで飛んだ悟空（ごくう）、大王退治を依頼すると、菩薩（ぼさつ）は飛龍杖（ひりゅうじょう）を投じて大王を退治してくれた。正体を見れば、それは一匹の茶色い貂（てん）であった。悟空（ごくう）と八戒（はっかい）は三蔵（さんぞう）を助けだし、さらに西への旅をつづける。

第二十二回　沙悟浄（さごじょう）を弟子にする

第二十二回　八戒（はっかい）が流沙河（りゅうさが）にて大（おお）いに戦（たたか）うこと　木叉（もくさ）が法（ほう）を奉（ほう）じ悟浄（ごじょう）を収（おさ）めること

一行は「流沙河（りゅうさが）」なる幅八百里の大河に行く手を阻まれる。途方に暮れているると、河から妖怪が飛び出して、三蔵（さんぞう）をさらおうとした。悟空（ごくう）と八戒（はっかい）が応戦するが、妖怪には逃げられてしまう。まずは水戦に強い八戒（はっかい）が水中にもぐって戦うが、なかなか勝負がつかない。

ふたりは岸の高みまでもどると、三蔵（さんぞう）に会い、敵はなかなか手ごわいということを、詳しく報告しました。三蔵（さんぞう）は涙をボロボロ流して、

「それほど難しいとあらば、どうして向こう岸に渡ったらよいのだ？」

とたずねます。悟空（ごくう）、

「お師匠さま、ご心配なさらずに。あの化け物が河底深く潜ってしまったら退治するのはむずかしくなります。八戒、おまえはここでお師匠さまをお守りしろ。やつとは戦うなよ。孫さまは、ちょいと南海までひとっぱしり行ってくるからな」

「あにき、南海に行ってどうするんだ?」

「この経を取りにいくって仕事は、もともと観音菩薩から出た話だ。それに、おれたちを解脱させたのも観音菩薩だ。きょうになって、道は流沙河にはばまれて先には進めなくなった。観音でなければ、だれが解決できる? ここは観音におすがりするほうが、おれたちがあの化け物と戦うよりも、よっぽどましってわけだ」

「ごもっとも、ごもっとも。あにき、あんたあっちに行くんなら、おれからも、くれぐれもよろしく伝えておいてくれ。せんだっては、お導きありがとうございましたってな」

三蔵、

「悟空、観音菩薩にお願いするのであれば、遅れてはならぬ。はやく行って、はやくもどっておいで」

悟空は觔斗雲を起こすと、南海めざしてまっすぐ飛んでいきます。おや？半時もたたないうちに、早くも普陀山の仙境が見えてきたではありませんか。やがて觔斗雲をおろした悟空は紫竹林の外に向かいます。見れば、二十四路の諸天が迎えに出てきて声をかけ、

「大聖、いかなるご用で来られた？」

「師匠がにっちもさっちも行かなくなってね。特別に菩薩に会いに来たんだ」

「どうぞおかけください。ただいまお呼びしますので」

その日の担当の諸天は、潮音洞の門前までおもむくと報告して、

「孫悟空がまいりまして、ご相談したい儀があるとのことです」

おりしも菩薩は、捧珠龍女とともに宝蓮池のほとりで欄干にもたれながら花を眺めているところでした。知らせを耳にすると、すぐに雲岩にもどり、

門をあけて悟空を呼び入れます。悟空は慇懃にあいさつをすませると、菩薩がたずねました。

「おまえは唐僧をお守りもせず、どういうわけでここに来たのだね？」

悟空がうやうやしく申しあげるには、

「菩薩さま、それがしの師匠は、先日、高老荘にて、いまひとりの弟子を取りました。名を猪八戒と申しますが、すでに菩薩さまより悟能という法名を頂戴している者でございます。黄風嶺をなんとか越えたところで、いまはその幅八百里という流沙河にさしかかりました。これすなわち、深さ三千丈の弱水のことですが、師匠にとって渡ることが難しいばかりか、河には化け物が住んでおりまして、その武芸の腕前はなかなかのもの。悟能が水面にて三度も激しい戦いを展開したのですが、どうしても打ちまかすことができず、そやつに邪魔されて、師匠は河を渡ることができません。そのため、菩薩さまにお力をお貸しいただきたく、特にこうしてお願いに参じた次第なのです」

聞いて菩薩は、

「このサルめ。またぞろ自分が強いことを鼻にかけて、唐僧を守って旅をしていることを、その化け物に言おうとしなかったのではないか？」

「わたくしどもはただ、その化け物をつかまえて、そいつに師匠を向こう岸まで送らせようとしたまでです。水のなかのこととなると、わたしも得意ではありません。ただ悟能は、やつの住み処を探しあて、ことばを交わしているはずですが、おそらく取経のことは話してはいないと思います」

「その流沙河の化け物というのは、捲簾大将が下界に降ったものなのです。これもまた、わたしが勧化して帰依させた者で、取経の人を守るよう命じてあります。おまえが東土から取経に来た者だと言いさえすれば、その者はけっしておまえと争わず、かならず帰順したはずなのです」

「その化け物は、いまは怖じ気づいたのか、岸にあがってこず、水のなかに隠れたままなんです。どうしたら、そいつを帰順させられます？　どうやって師匠に弱水を渡らせたらいいんです？」

観音菩薩は、すぐに恵岸を呼びつけると、袖のなかからひとつの紅い葫蘆を取り出し、

「この葫蘆をもって、悟空とともに流沙河の河面まで行き、そこでひとことに『悟浄』と呼べば、その者はただちに出てくるだろう。そこで、まずは唐僧に引き合わせて帰依させる。それから、かれがもっている九つの骷髏をひとつにつなげ、九宮の形にならべよ。そのうえで、この紅葫蘆をまんなかに置けば、一隻の法船となる。唐僧をこれに乗せれば、流沙河を渡ることができるでしょう」

恵岸はこれを聞くと、つつしんで師匠の命にしたがい、葫蘆をたずさえ、悟空とともに潮音洞を出て紫竹林をあとにしたのでした。こんな詩がありますので、その証しといたしましょう。

五行の匹配まこと天真に合し
従前の古き主人を認め得たり

立基を煉(ね)りおえて妙用となし
邪正を弁明して原因は現わる
金は来て性に帰し類は同じく
木は去り情を求め倫(とも)とならぶ
二土(にど)は功を全うし寂寞(せきばく)を成し
水火を調和すれば纖塵(せんじん)もなし

やがてふたりは雲をおろすと、早くもそこは流沙河(りゅうさが)の岸辺です。八戒(はっかい)、見れば木叉(もくさ)行者(恵岸(えがん)のこと)が来ているので、師匠を引っぱってきて出迎えました。木叉(もくさ)は三蔵(さんぞう)にあいさつをすると、さらに八戒(はっかい)にまみえます。八戒(はっかい)、

「あのときは尊者のお導きにより、菩薩(ぼさつ)にまみえることができました。この猪(ちょ)さまも仏法の教えを遵守して、いまでは喜びのうちに仏門に入っております。このところずっと、道中やたら忙しくて、お礼もできぬままにおりました。その罪、どうかお許しくだされ」

悟空、

「無沙汰のあいさつはそのくらいにして、あいつを呼び出そうじゃないか」

すると三蔵、

「だれを呼び出すというのだ？」

悟空は答えて、

「この孫さま、観音菩薩にまみえて仔細をお話し申しあげましたところ、菩薩がおっしゃるには、この流沙河の化け物は、捲簾大将が下界にくだったものでして、天界で罪を得てこの河に落とされたため、本来の姿を忘れ、妖怪となっているというのです。以前、菩薩に勧化され、お師匠さまに帰順して西天への旅のお供を願い出ました。ただ、こちらも取経の話題は口に出さなかったものですから、しなくてもいい戦いをすることになってしまったんです。菩薩はいま、木叉を遣わし、この葫蘆をもって、あいつと協力して法船を作り、あなたを渡すようにとの仰せでした」

三蔵はこれを聞くなり地に伏し、かなたに向かってしきりに礼拝しました。

さらに木叉に礼をほどこし、

「なにとぞ、早いところ、やっていただきたく存じます」

そこで木叉は、葫蘆をしっかりと手に捧げもつと、雲や霧とともに、まっすぐ流沙河の河面の上までおもむき、声あらげて叫びました。

「悟浄よ悟浄！ 取経の人はここにいて、久しく待っておるのだぞ。どうしていまだ帰順せぬか？」

さて、かの化け物は、サルの暴れ者を恐れて水の底にもどり、住み処で体を休めていたところでしたが、いきなりかれの法名を呼ぶ声を耳にしましたので、これは観音菩薩に違いないと思い、さらにまた『取経の人がここにいる』というのを耳にしたものですから、もはや斧だの鉞だのを怖がっている場合ではないと、あわてて波間から首を出して見まわせば、そこにいるのは木叉行者ではありませんか。見よ、化け物はにこにこ顔で進み出てあいさつをすると、

「恵岸尊者、お出迎えもせずに失礼いたしました。菩薩さまはいずこにおら

れますか?」

木叉は答えて、

「わが師はここには来ていない。おまえがすみやかに唐僧の弟子となるようにと伝えるべく、まずはわたしをよこされたのだ。さらにおまえの首に掛けている骷髏をこの葫蘆と合わせて九宮の形に配置し、一隻の法船を作りなして、唐僧にこの弱水を渡らせよとのご下命である」

聞いて悟浄、

「取経の人は、いずこにおられますか?」

木叉は指さして、

「あの東の岸に腰をおろしている者が、そうではないか?」

悟浄は八戒の姿を目にすると、言いました。

「あいつはどこの馬の骨か存じませんが、このまる二日というもの、やっとは戦いっぱなしだったんです。取経の話は、一言も口にしておりませんでした」

さらに悟空を目にすると、

「あの元締めが、やつの助っ人でして、おそろしく手ごわいやつです。それがし、行くのは勘弁してください」

それを聞いて木叉、

「むこうにいるのは猪八戒で、こちらにいるのは孫悟空だ。いずれも唐僧の弟子であり、いずれも菩薩が勧化した者だ。あの者たちを恐れてどうする？　さあ、おまえを唐僧に会わせてやろう」

そこで悟浄はやっと宝杖を収め、黄色い木綿の直裰をととのえると、岸に飛び上がるや、唐僧の前にひざまずき、

「お師匠さま、それがし眼はあっても珠がなく、お師匠さまの尊容を見分けることができませんでした。たびかさなる無礼のかずかず、なにとぞお許しください」

そこで八戒、

「このうすのろが！　さっさと帰依もせんで、なにかってえとおれを打ちや

がって。いまさらなにをぬかす！」

悟空は笑って、

「おとうとよ。そいつを責めちゃいけねえ。おれたちが取経のことやら名前やらを言わなかったのもまずかったんだ」

三蔵、

「おまえは、誠心誠意わが教えに帰依するつもりなのだな？」

悟浄は答えて、

「かつて弟子は菩薩さまの教化を受けた際に、流沙河にちなんで沙を姓とし、法名も頂戴して、沙悟浄と名乗ることにいたしました。お師匠さまに従わぬ道理など、どこにございましょう！」

聞いて三蔵、

「そういうことであれば」

と言うと、悟空に向かって、

「戒刀をもってきて、この者の髪を剃ってやりなさい」

と言いました。

悟空は言われたとおり、戒刀を手にすると、悟浄の頭を剃ってあげました。悟浄はふたたび三蔵に拝礼すると、悟空と八戒にも拝礼し、おとうと弟子として認めてもらったのでした。三蔵は、悟浄の立ち居振る舞いが、いかにも仏僧らしいというので、《沙和尚》という名も与えました。そこで木叉が言いますには、

「戒律を賜わったからには、よけいなおしゃべりは無用。ただちに法船を作ってさしあげてはいかがかな」

それを聞いて、悟浄ももたもたしてはいられません。急ぎ首に掛けていた髑髏のネックレスをはずし、紐を結んで九宮のかたちに作りなすと、観音から頂戴した葫蘆をそのなかに置いて、三蔵に岸辺までおりてきてもらいました。三蔵はそのまま法船に乗りこみ、腰をおろしてみると、なるほど心地もよく、小舟に乗っているかのようです。左からは八戒が支え、右からは悟浄が支えます。悟空はそのうしろで、龍馬を牽きながら雲霧に乗って従います。

さらに頭の上には木叉が飛んで守りました。
かくして三蔵は、やっとのことで、心安らかに流沙河を渡り、波も静か風も穏やかななか、弱水を越えていきました。まこと箭の飛ぶように、やがてその身は彼岸に登り、荒波にもまれることもなく、泥や水をかぶることもなく、脚や手を濡らすこともなく、清浄のまま、身を任せるまま、師弟たちは対岸の大地を踏みしめることができました。かの木叉は、祥雲をおろして葫蘆を収めます。またあの骷髏を見れば、たちまちにして九筋の陰風と化し、ひっそりと見えなくなりました。三蔵は木叉に拝謝し、また観音菩薩に頂礼いたします。まさにこれ——

木叉はさらばと　帰るは東の海の果て
三蔵は馬に乗り　向かうは西の天竺か

いったい、いつになったら正果を得て経典を手にすることができるのでしようか。それは次回の解き明かしをお聴きください。

この回は沙悟浄との出会いの回である。また、これをもって、三蔵法師の旅の供が全員そろうこととなった。

第八回で、観音は流沙河の沙を指さして、沙を姓とし、法名を悟浄とした。さらにここでは、三蔵から「和尚」という綽名を賜わっている。もっとも古い『西遊記』の挿し絵以来、今日のテレビドラマや映画にいたるまで、沙悟浄は、人の姿をした和尚さんとして描かれている。もちろんカッパではない。また、沙の姓は、出家の者、僧侶を意味するサンスクリットの「シュラマナ」、パーリ語の「サマナ」の音訳に由来する「沙門」の「沙」であり、まさに「和尚」と呼ばれるにふさわしい。

玄奘の弟子の慧立らが綴った『大唐大慈恩寺三蔵法師伝』(六八八)は、全十巻のうち、前半の五巻が玄奘のインドへの旅の描写になっているが、その第一巻で、玄奘は莫賀延磧、またの名を「沙河」と呼ばれる広大な砂漠にさしかかる。そこは「空には飛ぶ鳥も見えず、地には走る獣もいない」という土地であった。ここで三蔵は、さまざまな奇怪な悪鬼に出くわすのだが、観世音菩薩と『般若心経』を念ずることで、退散させることができたという。また、夢のなかに、身のたけ数丈の一大神が現われて、先に進むよう促したともいう。

宋代の『取経詩話』の第八章は、冒頭が欠けているものの、ここに沙悟浄の前身とされる深沙神が登場する。そこで深沙神は三蔵に向かって、「あなたは前世でわたしに二度食べられました。この首に掛けている袋に入っているのは、あなたのしゃれこうべなのです」と言う。今回、深沙神は三蔵の旅を助けるべく、砂漠に金の橋を架け、三蔵と猴行者を通してやる。砂漠を渡るのに橋を架けるというのは奇妙だが、西域に広がる砂漠は「海」と表現されることもあり、海、大河、湖のようなものとイメージされていたのかもしれない。『西遊記』では、沙悟浄が出現する場所は、まごうことなく、激流渦巻く流沙河という河である。

孫悟空の正体がサルで、猪八戒の正体がブタで、というような意味で、沙悟浄の正体はと問われるならば、「謎」であるとしか言えないだろう。なんらかの動物に由来するという説もあることはあるが、べつに動物である必要もないのかもしれない。

コラム　挿入詩の謎

解説でも言及したように、『西遊記』のような白話小説には、ところどころに韻文による詩詞が挿入されている。これらはそのまま読んでも意味はよくわからないだろうし、読まなくてもストーリーの理解に大きな影響はない。

第二十二回には「五行の匹配まこと天真に合し……」で始まる詩が挿入されている。『西遊記』の各回のタイトルや挿入詩には、登場人物を暗示する特殊な呼称が使われている。全体のタイトルを、ざっと見わたしていただきたい。「金蟬」「法身」「禅」「禅主」「法性」「元神」などは三蔵法師のこと。「金」「金公」「心猿」「心神」「心君」「心正」「心主」などは孫悟空のこと。「木」「木母」「木龍」などは猪八戒のこと。「刀圭」「黄婆」「土」などは沙悟浄のこと。そして白馬は「意馬」などと呼ばれている。これらの多くは、キャラクターの属性を、おもに五行思想の立場から命名したものらしい。五行とは、世界の事物や現象を「木・

火・土・金・水」という五つの観念に配当させて宇宙を理解しようとするもので、「木→火→土→金→水→木…」の順に生みだしていく五行相生や「木→土→水→火→金→木…」の順に打ち克っていく五行相克などの原理を基本とする連想の体系だ。

五行説によれば、十二支の申は金に該当する。さらに悟空は「火眼金睛」と称され、火の要素もあるため、火にも属している。また心臓は火に属するので、「心」の字もよく使われる。さらに十干において金は「庚辛」であり、道教の煉丹術においては「真鉛は庚に生ず」といわれるため、悟空には鉛の属性もあり、鉛の別名である「金公」も悟空の呼称となる。

八戒については、亥は水に該当する。水軍の将たる天蓬元帥は水戦が得意であり、確かに水のイメージがふさわしい。また「水は木を生ずる」との相生の原理により、木の属性もある。さらに煉丹術書には「真汞は亥に生ずる」ということばがある。「汞」とは水銀のことであり、「木母」「龍」などとも呼ばれるので、「木母」「木龍」もまた八戒の別称となる。煉丹術の世界にはまた、鉛と汞を調合する物質として「黄婆」なるものがある。

鉛である悟空と汞である八戒とは、しばしば対立するが、その仲介役としての沙悟浄には「黄婆」の称がふさわしいだろう。五行でいうなら、悟空（金・火／西・南）と八戒（水・木／北・東）の対立の仲介者としては、方角的には中央に位置する「土」しかない。また「土」を重ねた「二土」「圭」なども用いられる。

取経のメンバーの五行への配当については、さまざまな説が、複雑煩瑣な理屈とともに、つとにとなえられてきた。『西遊記』にちりばめられたオカルティックな詩の解釈については、中野美代子『西遊記の秘密 タオと煉丹術のシンボリズム』、『西遊記――トリック・ワールド探訪――』などをお読みいただきたい。詩詞は読まなくてもストーリーの理解には問題はないと言ったが、じつはこれらの詩詞にこそ『西遊記』の秘密が隠されているかもしれないのだ。

第二十三回　試練の一夜

第二十三回　三蔵が本を忘れぬこと　四聖が禅心を試すこと

一行は、とある屋敷にたどり着き、宿を借りる。屋敷に住んでいるのは、美しい未亡人と三人の娘。婦人は、四人を婿として迎えたいとの話をもちかけるが、三蔵たちは相手にしない。腹を立てた未亡人から、「あなたたちのなかから、ひとりくらい婿に来てもらってもいいだろう」と言われ、三蔵も困ってしまう。さらに未亡人から、出家人より在家人のほうがいいと言われたのに、三蔵が、「在家が生臭いものを口にして、老いて臭き皮嚢に堕落するよりまさる」と返したのに対し、未亡人はかんかんに怒ってしまった。

三蔵は、女が怒りだしたので、「ハイハイ」と従い、下手に出ることにし、

「悟空、おまえ、ここにのこるかね？」

「わたしは小さい時分から、その道にはとんとうといほうでして。八戒にのこってもらうのがいいでしょう」

　すると八戒、

「あにきよ。ひとをおちょくっちゃあいけねえ。まあ、みんなで時間をかけてゆっくり相談しようや」

「おまえたち、ふたりともいやならば、悟浄にのこってもらおうか？」
と三蔵が言うと、悟浄は、
「お師匠さま、なにをおっしゃるかと思えば！　弟子は観音菩薩の勧化をこうむり、戒を受けて師匠をお待ちしていたのです。お師匠さまの弟子に加えていただいてからは、さらなるお教えをたまわりました。お師匠さまについてから、まだふた月もたっておらず、道中はまだ半分も行っていないのですよ。どうしてこんな富貴を求めるものですか？　死んでも西天に行くつもりです。おのれの心にもとるようなことは、けっしていたしません！」

女は、四人ともに婿になることを断わったので、ぷいと席をたち、屏風のうしろにひっこむと、バタンと戸を閉めて行ってしまいました。ほっぽりだされた師弟四人は、お茶もご飯もあてがわれぬまま、だれも出てきてはくれません。八戒は、心中おだやかならず、三蔵に向かって恨みがましく言うには、

「師匠ときたら、あんな言いかたをしたら、すべてぶち壊しじゃないですか。少しばかり足がかりをのこしておき、うやむやに返事をしておけば、飯くらいは食わせてもらえて、きょうは一晩ゆっくり休めたでしょうに。あしたになっちまえば、承知するもしないもこっちの勝手。こんな具合に戸を閉めら

れて相手にもされないんじゃあ、われわれは冷えたかまどを囲んでいるだけで、今夜はどうやってすごしたらいいんです？」

すると悟浄、

「八戒のあにき、あんたがここの婿さんになりゃいいじゃないか」

八戒、

「おとうと弟子よ、ひとをからかっちゃいけねえ。まあ、この件については、じっくり時間をかけて相談しようじゃねえか」

悟空、

「なにを相談するってんだ？　おまえが承知してくれたら、師匠とあのご婦人は親戚ということになって、おまえさんは入り婿ってことになる。あっちの家には財産がたんまりあるんだから、嫁入りじたくだって、すべてあっちもちだろうし、親戚の顔合わせの宴会だって一席もうけるだろう。おれたちもお相伴できるってもんだ。おまえがここで還俗してくれりゃ、どちらもまるく収まるっていうわけさ」

聞いて八戒、

「そりゃまあ、そうにはちがいないんだがね。ただ、おれは出家してまた還俗し、女房と離縁してまた女房をもらうってことになっちまうんだよなあ」

それを聞いた悟浄がたずねます。

「八戒のあにきには嫁さんがいたのかい？」

悟空、

「おまえはまだ知らないだろうが、こいつはもともと、烏斯蔵国は高老荘の高太公のところの娘婿だったんだ。そこを孫さまに退治されたってわけなのさ。こいつももともと観音菩薩の戒を受けていたもんだから、ほかにどうしようもなく、おれにとっちめられて和尚になったってわけ。だから前の女房とは離縁して師匠の弟子となり、西天に仏を拝する旅に参加することになったんだ。おおかたこいつは、女房と別れて長いもんだから、またぞろその気になったんだろうよ。いままたそのはなしが出てきたんで、乗り気になったのにちがいない。あほう、おまえ、この家の婿になってやれよ。この孫さまにしっかりおうかがいを立てておけば、とやかくうるさいことは言わないからさ」

　すると八戒のあほうは、

「なに、でたらめ言ってんだい！　みんなその気があるくせに、猪さまだけに赤っ恥をかかせるつもりかい。ことわざにも言うだろ。《和尚は色餓鬼》ってな。嫌いなやつなんていねえよ。どいつもこいつも、もじもじと変に気取りやがって。それじゃ、せっかくのいい話もぶちこわしじゃねえか。そんなことだから、いまだに茶の一杯も出てこねえし、あかりもつけちゃくれねえ。おれたちゃ一晩くらいはなんとかがまんできるだろうが、あの馬はどうする？　明日になったら、また人を乗せなきゃなんねえし、道を進まにゃなんねえんだ。今晩、飯にありつけなかったら、皮でも剝ぐしかないぞ。あんたらはここで休んでりゃいい。猪さまは馬を放して草を食わせてくるからな」

　あほうは、そそくさと手綱を解くと、馬を牽いて出ていきました。すると

悟空が、

「悟浄、おまえはここで師匠につきそっていてくれ。おれはあいつをつけてみる。どこに馬を放しにいくのか見てくるよ」

三蔵、

「悟空よ、様子を見にいくだけだぞ。あやつをからかってはならぬぞ」

「わかってますってば」

悟空はそう言って客間を出ると、身をひとゆすり、赤とんぼに変身して表門から飛びだし、八戒に追いつきました。

八戒はといえば、馬を草の生えたところまで牽いてきたものの、べつに食わせるでもなく、「どうどう！」と馬を追いながら、ぐるりと裏門のほうまでやってきました。見ればそこでは、あの女が三人の娘といっしょに、裏門のあたりにたたずみながら、菊の花を愛でていました。娘たちは八戒が来たことに気がつくと、サッと姿をかくしてしまいましたが、女は門口に立ったまま、八戒に声をかけます。

「あら、お坊さん、どこへいらっしゃるの？」

あほうは手綱をほっぽり出すと、女の前に歩み寄り、おじぎをして、

「おかあさま。わたくしは馬を放しにきたのです」

「あんたのお師匠さんときたら、まったく考えの浅い人ねえ。うちの婿になったほうが、乞食(こじき)坊主になって西への道を急ぐより、どんなにましか知れないのにねえ」

八戒(はっかい)は笑って、

「あの者たちは唐(とう)王の勅旨(ちょくし)を奉じていますからね。君命に背くわけにもいかず、せっかくのお話に乗るわけにもいかないんですよ。先刻も客間で、みんなでそれがしをからかっておりましたが、わたくしにも、いささか心がかりなことがございまして。おかあさまが、わたくしのことをお気に召さないのではないかと。口は突き出ているし、耳がバカでかいですから」

すると女は、

「わたしはべつに嫌いではありませんよ。うちには家長がおりませんので、

婿さまをひとり迎えられたら、それでいいんです。ただ、娘たちはいささか面食いなところがありますかねえ」

「おかあさま、お嬢さんがたにおっしゃってください。男というものは、そのように選ぶものではないと。思うに、うちの師匠の唐僧なんぞは、見た目はそりゃ男前かもしれませんが、実際のところ、まったくの役立たずでして。それがしなんざ、たしかに見た目はまずいかもしれませんが、取り柄がありましてね。それを詠(うた)った詩もございます」

「おやまあ、どんな詩かしら？」

「はい、そもそもこのわたくしは——

　見た目はちっと醜(みにく)いが　ちから仕事にゃ重宝す
　果てなく広い耕地でも　牛馬の力を借りずして
　自慢の鈀(まぐわ)でたがやせば　種播(ま)き実(みの)りの秋は来る
　雨が降らねば雨乞いし　風がなければ風を呼ぶ
　お宅が手狭(てぜま)と感じたら　すぐに建て増し二三階(にさんかい)

庭の掃除もお手のもの　溝が詰まれば溝さらい
家事万端はまかせてよ　天地の出入も御手の物」

女はこれを聞いて、

「まあ。家の仕事がおできになるんでしたら、もういちど、お師匠さまに相談してみてください。特に問題がなければ、あなたを婿さまに迎えたいものです」

「相談するにはおよびません。あの人はわたしの生みの親でもあるまいし、するもしないも、わたくししだいなのです」

「それならけっこうなことです。娘たちに話しておきますわ」

女はそう言うと、サッと奥に入り、バタンと音をたてて裏門の戸を閉めてしまいました。八戒は馬を放すでもなく、また表のほうに牽いていきました。これらの一部始終を悟空に見られていたなんて、八戒は知るよしもありません。悟空は飛んでもどるなり、もとの姿になって、まずは三蔵に報告します。

「お師匠さま、悟能が〈馬を牽いて〉きたようですよ」（〈馬を牽く〉は男女の仲を取りもつことの隠語）

聞いて三蔵、

「馬を牽かぬことには、はしゃいで跳ねまわり、逃げてしまうではないか」

悟空は笑いだして、女と八戒とのあいだでおこなわれた密談の一部始終を話して聞かせましたが、三蔵も、にわかには信じがたい様子です。

やがて、そのあほうがもどってきて馬をつなげると、三蔵がたずねました。

「馬は放してきたのか？」

「あまりよい草が見つからず、馬を放すところがありませんでした」と八戒。

悟空、

「馬を放すところがなくっても、馬を牽くところはあったんだろ？」

あほうはこれを聞いて、秘密が漏れたらしいと察し、うつむいたまま顔をあげられず、口をとんがらかし、眉間に皺を寄せて、ながいこと黙りこくってしまいました。

その後、八戒は婦人に連れられて奥の間で目隠しをされ、結婚相手の娘を選ぶ鬼ごっこの儀式が始まった……。夜が明けて目覚めてみると、ここは松林のなか。屋敷などは影も形もない。むこうから八戒の「お助けください！　もうしませんから！」という叫び声が聞こえてきた。

つづく第二十四回で明らかにされるように、これは黎山老母と三人の菩薩が、取経一行の本気度を試すために仕組んだ、トラップであった。エサは「財」と「色」である。そんなものにあっさり引っかかるのは、一行の中でも八戒だけだ。このエピソードにおいて、ハニー・トラップにまんまとひっかかった八戒は、このさい取経なんかほったらかして、婿入りする気まんまん。そのうえ悟空から、「おまえはその気があるんだから、ここの家の婿になればいいさ」と言われると、「みんなその気があるくせに、猪さまだけに赤っ恥をかかせるつもりかい。ことわざにも言うだろ。《和尚は色餓鬼》ってな。嫌いなやつなんていねえよ」と返す。

八戒が口にしたことわざ《和尚は色餓鬼》（和尚是色中餓鬼）は、『水滸伝』の第四十五回にも見えている。そこには「さてみなさま、およそこの世にある人間のうちでも、和尚の色情というのが、もっとも激しいのであります」で始まるひとくさりがあるが、その末尾は、つぎのようなことわざで締められている。

一字では〈僧〉といい
二字では〈和尚〉という
三字では〈鬼楽官〉といい
四字では〈色中餓鬼〉という

〈鬼楽官〉とは、〈鬼〉すなわち亡者たちのための音楽官ということで、仏僧が楽器を奏でて法事をおこなうものであることを言う。このことわざは、『水滸伝』を踏襲した『金瓶梅』第八回にも見えているが、明清時期の通俗小説において生臭坊主が登場するときに好んで使われる常套句であった。むろんこれは、現実世界のすべての和尚が「色中餓鬼」であったということを意味しない。民衆のカーニヴァル的想像力の世界で活躍する悪徳和尚の表象を、八戒は声高に叫んでいるわけである。かりにも三蔵法師という中国仏教界の大聖僧が、ありがたい仏典を取りにいくという物語のなかで、「和尚は色餓鬼!」と言いはなつキャラクターを生み出したエネルギーこそ、『西遊記』を駆動させているもののひとつに相違ない。

コラム　八戒の結婚願望

三蔵はじめ取経の一行は、敬虔な仏徒ということもあり、結婚妻帯とは縁がないはず。だが三蔵はこの先、女妖怪に結婚を迫られることが定番になっているし、八戒は最後まで結婚願望を棄て切ることができないのだった。『西遊記』を最後まで精読すれば、八戒が、世俗的な出世願望や、結婚につながる情欲、そしてもちろん食への嗜好について、はばかることなく口にしていることに気がつくだろう。だが、結婚して家庭をもつことを幸福と考えている八戒は、常軌を逸した好色漢というわけではない。八戒に関しては、怠け者、女好き、大喰らい、などのイメージが強調されているようだが、むしろわれわれ凡人にもっとも近い存在であり、世俗的な欲望の代弁者であることになろう。

　家同士で結婚の約束を交わした若い男女。やがて男の家の零落によって、女の家から一方的に婚姻の解消をせまられる。ところが義に篤い娘が家長に反抗してこれを拒否し、男に尽くすというモチーフは、元曲にもあるのだが、『西遊記』は、そんな結婚をめぐるコメディを、八戒に託して組みこんだというところだろうか。本書で扱う『西遊記』では、妻の翠蘭は八戒のことが好きではないようだが、後世には、翠蘭が親に反抗して、八戒との結婚を死守するというサイドストーリーもつくられているのだ。

　さて、かれの欲望は、はたしてかなえられるのだろうか？　そのあたりにも注意しながら読んでいこう。

第二十四〜二十六回　人参果事件

第二十四回　万寿山にて大仙が故友を留めること　五荘観にて行者が人参果を窃むこと

見れば八戒は、木の上に縛りつけられているではないか。昨夜のできごとは、すべて黎山老母と三人の菩薩が、取経の者たちの決意を試したものなのであった。

さらに進むと、万寿山というところに着いた。ここには鎮元子という仙人が住む五荘観があり、庭には「人参果」が植えられていた。その実は赤ん坊にそっくりで、一個食べると四万七千年も生きられるという。五荘観に宿を求めた一行。鎮元子は留守だったが、弟子の童子が人参果を三蔵に差しだす。三蔵はその形を見るなり、おびえて手を出さない。

それを耳にした悟空が、人参果を盗みにやって来た。枝から実を打ち落とすも、地に落ちた実は、たちまち消えてしまった。土地神に横取りされたと思い、土地神を呼び出し、「おまえが横取りしたんだろう」と責めるが、土地神は「それは濡れぎぬです」と主張する。


悟空がたずねました。

「おまえが横取りしたんじゃないとすると、いったい、どうして打ち落としたとたんになくなってしまったんだ？」

土地神、

「大聖は、この宝が寿命を延ばすことはご存じのようですが、その由来はご存じないのでしょうなあ」

「由来ってなんだい？」

土地神は説明して、

「このお宝は、三千年に一度だけ花が咲き、三千年に一度だけ実をむすび、さらに三千年たって、やっと熟すのです。おおよそ一万年近くを経て、やっきたなら、三百六十歳まで生きられますし、まるまる一個食べることができれば、四万七千年も生きられます。ただ、こやつは五行を畏れるのです」

「五行を畏れるとは、どういうことだ？」

「この果物は、金に遇えば落ち、木に遇えば枯れ、水に遇えば溶け、火に遇えば焦げ、土に遇えば沈むのです。それゆえ、たたき落とすときには、かならず金の道具を使わなければ落とすことはできませんし、たたき落としたものは、絹のハンカチを敷いたお盆で受けなければいけません。もし木のお盆なんぞで受けますと、すぐに枯れてしまいます。そいつを食べたところで長寿は得られません。食べるときには磁器の皿を用い、清水で溶かしてから食べるのです。火に遇えば焦げて役に立たなくなりますし、土に遇えば地中に沈んでしまいます。大聖が、さきほど地面にたたき落としたものは、すぐに土のなかに沈んでしまったじゃありませんか。ここいらの土は四万七千年を経ていますので、鋼鉄の錐でもんだところで、少しの穴もあきません。鉄より三、四倍もかたいんです。人が食べたら長生きできるというのも、そういうわけなのです。大聖、もしもお疑いでしたら、この地面を打ってごらんなさい」

言われて悟空、如意棒で地べたを突いてみましたが、ガーンと響いて棒ははね返されるだけ。土の表面には、突いたあとひとつのこっていません。

「なるほどなるほど。この鉄棒は、石を打ったら粉みじんになるし、鉄を突いたらあとがのこるはずだが、突いてもかすり傷さえのこらないとは、どういうわけだ？　こうして見ると、どうやら、おまえさんを疑ったおれが悪かったようだ。帰ってよいぞ」

土地神はもとの廟にもどっていきました。

悟空は心に一計を案じ、人参果の木に登ると、片手でたたき落とす棒を使い、片手では木綿の直裰の襟元を引っぱって、袋のような形にしました。そうして、枝葉をかきわけながら、果実三個をたたき落として、その襟の袋のなかに入れ、木から跳び降りると、まっすぐ厨房まで駆けていきました。そ

れを迎えた八戒、

「あにき、手に入れたのかい？」

「こいつだろう？　孫さまがこの手でもいできたぞ。この果物は、悟浄に内緒でというわけにはいかない。呼んでやれ」

八戒は手招きして、

「悟浄、来いよ」

悟浄は荷物をその場に下ろすと、厨房に駆けこんできて、

「あにき、なにか用かい？」

悟空は襟元を開いて見せながら、

「おとうとよ、これがなんだかわかるかい？」

悟浄はそれを見るなり、

「人参果じゃないか」

「そのとおり！　おまえ、知ってたんだな。どこで食ったんだ？」

「いや、食ったことはない。むかし捲簾大将をやっていたときに、玉帝の供

として蟠桃の宴に行ったことがあるんだが、そこで世界じゅうの仙人たちが、長寿の祝いとして、この実を王母に献上するのを見たことがある。見たことがあるだけで、食ったことはないんだ。あにき、おれにも味見させてくれるのかい？」

「もちろんさ。おれたち兄弟、ひとりに一個だ」

こうして三人は、三個の果物を、ひとつずつ食べることにしました。

八戒ときたら、胃袋はでかいし、口もまたでかいうえ、童子が食べる音を耳にしたときから、すでに腹の虫が騒ぎ立てていたものですから、果物を目にしたとたん、手に取るが早いか、ガバッと大口をあけて、ごくりと呑みこんでしまいました。それから半目で悟空と悟浄をにらむと、ねたましそうに言いました。

「きみたちふたり、なにを食っているんだい？」

「人参果だよ」と悟浄。

八戒、

「どんな味がする？」

悟空は、

「悟浄よ、そんなやつ相手にするな。先に食っておいて、なんでそんなこと聞く？」

すると八戒、

「あにき、あわてて食っちまったもんで、あんたらみたいにゆっくり噛みしめて、その美味さをあじわうことができなかったんだ。核があったかどうかもわからんままに呑みこんじまってさ。なあ、あにき。人のためなら最後までって言うじゃねえか。おれの腹の虫は、とっくに起こされちまったんだ。もう一個、なんとかしてくれないかな。猪さまも、こんどはじっくり味わわせてもらうからさ」

聞いて悟空、

「おとうとよ。まったくおまえは、足るということを知らねえ。こいつはな、そのへんの米の飯やうどんとはわけがちがって、お目にかかったら、いくらでも食えるってもんじゃないんだ。こんな、一万年かかって、やっと三十個しか実を結ばないもの、おれたちが一個食えただけでも、たいしたご縁ってもんだ。こいつは、なみたいていのことじゃないんだぞ。だめだだめだ。一個でじゅうぶんだ！」

そう言うと悟空は立ちあがり、金のたたき落とし棒を、櫺子窓の穴から隣にある道士たちの部屋にほうりこんでしまいました。八戒のことは、まったく相手にしません。八戒のあほうは、それでもまだ、ぶつくさと不平を垂れておりましたが、ちょうどそのとき、あのふたりの童子が、お茶を取り換えようと隣の部屋にもどってきました。そこで耳に入ってきたのが、人参果を食べたけど、どうにもすっきりしないだの、もう一個食わせてもらいたいだのと、わめき立てる八戒の声。清風はこれを聞いて首をかしげ、

「明月よ、聞いたかい？　あの口のとんがった和尚が『人参果をもっと食いたい』なんて言ってるぞ。お師匠さまは、お出かけになるときに、三蔵の手

下たちの悪さにはくれぐれも気をつけろっておっしゃっていたな。やつら、宝物を盗み食いしたんじゃないだろうな？」

すると明月がこうべをめぐらして、

「あにき、たいへんだ！　どういうわけか、金のたたき落とし棒がこんなところに落っこちているぞ。人参園に行って見てこよう」

ふたりがあわてて飛んでいくと、なんと花園の門が開けっぱなしになっているではありませんか。

「おれが閉めたはずなのに、なんで開いているんだ？」と清風。

さらに大急ぎで花園を通り抜けると、菜園の門もやはり開いています。あわてて人参園に入り、木の下に立って枝をあおぎ見て、果実の数をかぞえてみましたが、なんどかぞえてみても二十二個しかありません。

「あにき、計算してみてくれるかい？」

明月、

「ああ、言ってみな」

と清風が言うと、明月は、

「実はもともと三十個あった。お師匠さまが人参園を開け、二個もいで分けて食べた。のこりは二十八個だな。さっき二個もいで唐僧にごちそうした。これで二十六個だ。ところがいま、かぞえてみると二十二個しかのこっていない。なんで四個も足りないんだ？　言うまでもない、あの悪党どもが盗んだのにきまってる。さあ、唐僧をとっちめてやろう」

ふたりは門を出て、まっすぐ正殿にやってくると、唐僧を指さして、ハゲ頭め、くそ坊主め、盗っ人め、こそ泥めと、思いつくかぎりの罵詈雑言を、憎しみをこめ、口ぎたなく浴びせました。

これには三蔵も黙って聞き流しておられず、

「仙童たちよ、なにゆえそのようにお騒ぎなさる？　どうか落ち着いてくだされ。お話があるなら、ゆっくりうかがいましょう。むやみやたらにののしられてもこまりますぞ」

すると清風、

「あんたの耳は聞こえんのか？　こっちがめちゃくちゃ言うんで、さっぱりご理解できないとでも？　人参果を盗み食いしておいて、聞く耳もたぬってか？」

聞いて三蔵、

「人参果とはいかなるものであろう？」

明月、

「さっき、あんたにご馳走しようともってきたところ、あんたが赤ん坊みたいだって言ったやつじゃないかね？」

聞いて三蔵、

「南無阿弥陀仏！　あれなら、目にしたとたん、たまげて心臓が破れるところでしたよ。それなのに、わたしがあんなもの、盗んで食べるものですか？　食いしん坊の病になったとしても、あんなものに手を出すものですか。むやみに人を責めるものではありませんぞ」

すると清風、

「あんたが食わなくても、あんたの手下どもが盗んで食べたのさ」

聞いて三蔵（さんぞう）、

「なるほど、そうかもしれない。とにかく、そのようにわめくのはおやめなさい。あやつらに問いただしてみましょう。もしも盗んだのでしたら、弁償させましょう」

明月（めいげつ）、

「弁償ですって？　たとえお金があったとしても、どこで買ってくるというんです？」

三蔵（さんぞう）、

「お金があっても買えぬとあらば、ことわざにも『仁義は千金に価（あたい）する』と申しますゆえ、弟子どもには謝罪させましょう。あの者たちが犯人かどうかは、まだわかりませんがね」

明月（めいげつ）、

「犯人じゃないなんて、とんでもない。やつらはむこうの部屋で、分け前が平等でないとかなんとか、まだ騒いでいますよ」

三蔵(さんぞう)は声をかけて、

「弟子たちよ、こちらに来なさい」

沙悟浄(さごじょう)はそれを耳にして、

「まずいぞ、バレちまったらしい！　お師匠さまが、おれたちをお呼びだ。ちび道士どもが、やたらにののしっている。さっきの一件が漏れたらしい。どうしよう！」

悟空(ごくう)、

「こいつは外聞の悪いことになっちまったな。たかが食い物のことだが、もしも本当のことを言ったら、おれたちが盗み食いをしたことがバレてしまう。かくなるうえは知らんぷりを通そう」

聞いて八戒(はっかい)、

「そうだ、そうだ。しらばっくれるんだ」

今回は、取経の一行が、なかよくそろって遭遇する最初のトラブルともいえる。九千年ほどを経て、やっと三十個が実を結ぶという人参果は、においを嗅げば三百六十歳まで生きられ、一個食べることができれば、四万七千年生き長らえるという植物で、西王母の蟠桃（第五回）とならぶ、長寿をもたらす聖なる仙果である。またその形状が人間の赤ん坊のようだというのだから、神秘性はいよいよ増幅する。類似のものを西の世界に求めるならば、ナス科マンドラゴラ属の植物で、薬草として用いられるマンドラゴラが挙げられるだろう。その根茎が人の形にも似ることがあるマンドラゴラは、ペルシャ語ではヤブルーと呼ばれ、宋、周密の『癸辛雑識続集』には「押不蘆」として紹介されている。

人参果をめぐっては、『取経詩話』の第十一章「王母の池に入ること」に、不思議なエピソードが語られている。三蔵と猴行者が西王母の池の近くまで行ったところで、猴行者が「八百歳のときに、ここで桃を盗んで食べたことがありますが、その後は二万七千歳のいままで来たことがありません」と言う。すると三蔵が、「三つ四つ食べてみたいものだ」とおっしゃる。行者は、「わたしはそのとき王母につかまり、左のあばらを鉄棒で八百回、右のあばらを三千回打たれ、花果山に流されたのです。いまだに痛むので、もう盗んで食べる気など、さらさらございません」と断わる。やがて西王母の池の前に来て、三蔵法師がまた言うには、「これが蟠桃の木ではないのかな」。すると行者は「お声が高い。ここは西王母の池です。幼いころに泥棒をやってひどい目にあったので、いまでもぞっとしますよ」と言います。そこで三蔵は、あろうことか、「ひとつくらい取ってもかまわんだろう」と主張するので、猴行者はしかたなく、熟れて落ちた桃を取って法師にさし出すのだが、見るとそれは子供の形をしていて、そのうえしゃべるので、三蔵はびっくり仰天、たちまち食欲も失せてしまう。行者がそれを手のなかでこねまわすと、一個の乳棗になった。行者はこれを呑みこみ、帰り道の西川（四川の西部）で吐きだす。これが、いまもその地に産する人参となったのだという。

三蔵法師のマジメなイメージと違う？　たしかにこの三蔵は、ずいぶんと勝手で食い意地の張った三蔵である。『取経詩話』のこんな三蔵のキャラクターが、『西遊記』になると、悟空の蟠桃園での狼藉や八戒の食欲などに転嫁されていったとも考えられるのだが、しかし『西遊記』をよくよく読むと、明代の三蔵も、しばしばわがままで、「腹が減った！」と騒ぎ立てる場合がある。

今回のエピソードは、「猪八戒が人参果を食べる」（猪八戒喫人参果）という歇後語として、中国では現在でも用いられている。歇後語とは、前半の言いまわしが後半を導くという、一種のしゃれことばで、「猪八戒が人参果を食べる」という前半部は、「まったく味がわからない（ものの価値がわからない、見る目がない）」という後半部を導く。ただし、人参果なるものは非現実的なので、このエピソードは、子ども向けの絵本では「猪八戒が西瓜を食べる」のように改められている場合もある。

第二十五回　鎮元仙が追って取経僧を捉えること　孫行者が大いに五荘観を鬧がすこと

弟子たちが人参果を盗み食いしたことを知った童子が、かれらを罵倒すると、カッとなった悟空は、人参果を根こそぎ引っこ抜いてしまい、みんなで五荘観から逃げ出すことにした。やがて帰ってきた鎮元子は、事情を知って、逃げた一行をとらえ、人参果の敵討ちだと、責任者である三蔵を油で揚げようとする。さすがの悟空もこれには困り果て、「空揚げにするなら、師匠でなく、おれにしてくれ！」と申し出る。

第二十六回　孫悟空が三島にて方を求めること　観世音が甘泉で樹を活かすこと

悟空は、三日以内に人参果の木を生き返らせることを約束し、あちこちの神仙をたずねて再生の方法を探すが、だれも知らないので、観音菩薩に助けを求める。観音は悟空とともに五荘観におもむき、その甘露水で人参果を生き返らせた。最後には、みんなで人参果を賞翫した。このときは三蔵もひとつ食べたのだった。

コラム　不老長寿への強迫観念

『西遊記』には多くの神仙や妖怪が登場するが、かれらが究極の目的としているであろうテーマは「不老不死」である。悟空もまた例外ではない。第三回で地獄に引っ立てられた悟空は、閻羅王の書類に書かれていた「三百四十二歳」という寿命を見て、これを消してしまった。これをもって、悟空は死とは無縁になったはずなのだが、それにもかかわらず、悟空のアンチエイジングへの欲求は、とどまるところを知らない。第五回では、蟠桃会に潜入して、不老長寿の仙果「蟠桃」をつまみ食いし、不老長寿の仙薬「金丹」をぼりぼり呑みこんでいる。もはや趣味の不老長寿だ。さらに、この第二十四回では、それを口にしたら四万七千年も生きられるという仙果「人参果」をも食べてしまう。不老長寿系の賞味はほぼ体験しているのだが、そもそも寿命の記録を抹消していることもあって、いったいどれほど生きるつもりなのか、見当がつかない。『西遊記』の主人公として、読者には、悟空の生命の危険を心配する必要はまったくないのだよと、保険を与えているかのようだ。

第四部　妖怪たちとの愉しき日々

第二十七～三十一回　白骨夫人と黄袍怪～悟空、破門される

第二十七回　屍魔が三たび唐三蔵に戯れること　聖僧が恨みて美猴王を逐払うこと

通りかかった山には、白骨夫人という妖怪が住んでいた。三蔵を捕らえようと、親切な人に化けて何度も近づくが、いずれも悟空に見破られて失敗する。ところが三蔵には、悟空が罪もない人を殺めているようにしか見えないのだった。

悟空は鉄棒を振りあげると妖怪をたたきのめしました。こうして妖怪の霊力は、やっとのことで断たれたのでした。三蔵は、馬の上で恐ろしさにぶるぶるふるえているばかりで、ことばも発しません。八戒はかたわらで、またしてもニヤニヤしながら、

「たいした行者だぜ！　正気を失っちまったか！　半日も行かないうちに三人もぶっ殺しちまうとはな！」

そこで三蔵が緊箍呪をとなえようとすると、悟空が馬前にとんできて叫びます。

「お師匠さま！　それはやめてください！　まずはあの様子を見てくださ い」

見ればそこには、おしろいを塗った骸骨がころがっているではありませんか。三蔵はびっくりしてたずねます。

「悟空、この者はたったいま死んだばかりだというのに、どうして骸骨になってしまったのだ？」

「これは、霊怪が悪さをなす僵屍です。この地で人を迷わし、本性を惑わしていたのですが、わたしに打ち殺されて、その本性を現わしたというわけです。背骨のところに《白骨夫人》との文字が書かれています」

聞いて三蔵、やっとのことで信じる気になったのですが、こまったことに

八戒が横から口をはさみ、そそのかして言うには、

「お師匠さま、こいつは腕っぷしも強く鉄棒もすごいんです。人を打ち殺しちまってから、お師匠さまに、あれをとなえられるのがイヤなもんだから、わざわざ術を使ってこんな姿を作り出して、あなたの目をごまかそうとしてるんですよ」

人のことばを簡単に真に受けてしまう三蔵、この時も八戒を信じてしまい、ふたたび呪文をとなえはじめました。悟空は痛くてたまらず、道ばたに身をかがめて、

「やめてください！　言いたいことがあるなら、さっさと言ってください！」

と叫びました。

「サルめ、言いたいことなどないわい。出家人というものは、善をおこなうこと春の園の草のごとく、その成長は目には見えないが、日々、確実に伸びるというもの。悪をおこなう者は、刃物を磨ぐ砥石のごとく、その減損は目

には見えないが、日々、確実に欠けていくというもの。おまえは、この人里はなれた荒涼たる地で、たてつづけに三人も打ち殺したが、訴える者もなければ、仇をとろうとする者もいない。もしこれが、街なかの人のあふれるところで、その葬式棒で、だれかれかまわず、むやみに人を打ったなら、とんでもない災いをまねくことになるんだぞ。そうなったら、わたしはどうやって逃げたらいいのだ？　さあ、家に帰るがよい」

「お師匠さま、あなたは誤解しています。あれは明らかに妖怪で、あなたを殺めようとの野心をもっていたのです。それでわたしがやつを打ち殺し、あなたを助けてさしあげたのに、そんなこともわからず、かえってあのあほうの口車に乗せられて、何度もわたしを追い出そうとするんですね。ことわざにも《なにごとも三度あり》って言いますから、わたしが去らなければ、恥知らずの下衆野郎になっちまいます。行きます行きます。ただ、行くには行きますが、そうなるとあなたのお供をする者がいなくなってしまいます」

それを聞いた三蔵はカッとなって、

「この悪党ザルめが、いよいよつけあがりおって！　するとなにか？　おまえだけが供の者で、悟能や悟浄はそうじゃないということか！」

供の者なら二人いるときかされた悟空は、どうにもたまらなく、惨めで寂しい気持ちになりました。そこで三蔵に訴えて、

「やりきれません。あなたはあのとき、長安を出てから、劉伯欽に送られて両界山までいらして、わたしを助けてくださり、わたしはあなたに拝礼して師と仰ぎました。古い洞窟にもぐりこみ、深い林に入り、妖魔どもをとらえ、八戒と悟浄を仲間に入れ、いくつもの艱難辛苦をなめ尽くしました。それがきょうになって、腹のうちではわかっているくせに、わからないふりをして、ひたすらわたしに帰れとおっしゃる。まこと《鳥が尽きれば弓もかたづけられ、兎が死ねば猟犬も煮て食われる》というやつですな。まあ、いいや。ただ、あの緊箍呪だけは勘弁してもらいたいんで」

「もう二度ととなえることはない」

「そうともかぎりませんよ。もし凶悪な妖魔に苦しめられて逃げる術を失い、

八戒や悟浄もあなたを助けられなくなったら、そのときにはわたしを思い出して、がまんできずに、またぞろあれをとなえちまうんじゃないですかい？　たとえ十万里はなれていたところで、こっちの頭はやっぱり痛くなるんですからね。あなたとお別れしてから再会するんなら、わたしを追い出そうというお考えは、なさらんほうがいいのでは？」

　悟空がゴチャゴチャ言うものだから、三蔵はますます腹を立て、馬の鞍から転げるようにしておりると、悟浄に言って包みのなかから紙と筆を取り出させました。さらに谷川から水を汲んでこさせて石の上で墨をすり、一通の破門状をしたためました。三蔵は、それを悟空に手わたすと、

「サルめ、この証文をもっておれ。二度とふたたびおまえを弟子にすることはない。こんどまたおまえと会うようなことがあれば、わたしは阿鼻地獄に堕ちるであろう」

　悟空はあわてて破門状を受けとると、

「お師匠さま、誓いなど立てなくてもけっこうです。孫さまは行きますね」

そう言って破門状をたたみ、袖のなかにしまいこむと、こんどは優しい口調で三蔵に向かって、

「お師匠さま。わたしもしばしのあいだ、あなたについてまいりました。これもまた観音菩薩のお導きによるものですが、きょうこの日、道なかばにして廃することとなり、仏果を得ることはかないませんでした。どうかお坐りになって、それがしの拝礼を受けてください。それでわたしは安心して去ることができます」

ところが三蔵は、そっぽをむいたまま、とりあいません。口のなかでごによごにょとつぶやくには、

「わたしは善良な僧なのだ。おまえのような悪党の礼など受けるものか」

悟空は三蔵が相手にしてくれないので、身外の法を用いて頭のうしろから三本の毛を抜き取り、ふっと仙気を吹きかけると、

「変われ！」とひと声叫びます。すると、毛はたちまち三人の悟空に変じま

した。本物と合わせて四人の悟空は、四方から師匠をかっちりと囲んで礼拝しました。師匠は右にも左にも逃げることができず、否も応もなく悟空からの一礼を受けざるをえませんでした。

それから悟空はサッと飛び上がり、身をひとふるいさせて三本の毛を収めます。

悟空はさらに悟浄に言い含めて、

「賢弟よ、おまえはいいやつだ。くれぐれも八戒のうそでたらめにだまされないようにしろ。道中、しっかり用心するんだ。もし妖怪が師匠をさらっていこうとしたら、孫さまが師匠の一番弟子だと言え。西の世界のケチな妖怪どもも、おれの腕前のことを耳にしていようから、われらの師匠には手を出せないさ」

すると三蔵が口をはさみ、

「わたしは善良な僧なのだ。おまえのような悪党の名など出すものか。とっとと去るがよい」

悟空は、師匠がどうあっても考えを変えそうにないのを見て、もはやこれまでと、その場を去ることにしました。見よ、そのさまたるや――

涙を呑んでお師匠に　暇を告げるこの辛さ
悲しみ堪え先のこと　託す相手は沙悟浄か
これが最後の挨拶と　頭をすりすり草の原
二本の脚で籐を断ち　觔斗雲に跳び乗れば
天地の間を上下する　朝飯前の十八番にて
海山こえて往来する　一番得意の術にして
瞬きする間にその姿　影も形も早や見えず
急ぎ帰らん行く先は　かの懐かしの故郷か

見よ、悟空はあふれ出る思いをぐっとこらえて、師匠に別れを告げ、觔斗雲をおこすと、まっすぐ花果山水簾洞に向けて飛んでいきました。たったひとり、寂しく惨めな気持ちのまま、ふと耳に入ってきたのは水の音。天空から見下ろしてみれば、それは東洋大海の潮騒の響きでした。これを目にするなり、またしても三蔵のことを思いだし、涙が頰をつたってこぼれ落ちるのを止めることができません。雲をとどめてはその場にたたずみ、しばらくしてからやっと前に進むというありさま。

この先、いかなることになりますやら、次回の解き明かしをお聴きあれ。

第二十八回　花果山にて群妖が義に聚うこと　黒松林にて三蔵が魔に逢うこと

五百年ぶりに花果山に帰った悟空は、すっかり荒れ果てた花果山をたてなおし、サルたちを苦しめる猟師どもをやっつける。こうして花果山には、ふたたび活気がもどったのであった。いっぽう、悟空がいなくなった三蔵一行は、八戒と悟浄が油断しているうちに、三蔵が妖怪黄袍怪に捕まってしまった。三蔵を助けだそうと、弟子二人は妖怪の洞窟に攻め入るが、なかなか勝負がつかない。

第二十九回　難を脱し江流が国土に来たること　恩を承け八戒が山林に転ずること

捕らえられた三蔵に、ひとりの女が話しかけてきた。彼女は宝象国の王女で、十三年前に黄袍怪にさらわれて夫婦となっているのだという。王女は、ひそかに父王に手紙を届けることを条件に、黄袍怪を説得して三蔵を逃がしてやった。三蔵と弟子二人は宝象国におもむき、国王に託された手紙を届ける。事情を知った国王は、三蔵に王女の救出を懇願する。八戒と悟浄がふたたび黄袍怪の洞窟に攻め入ったが、悟浄はあっけなく捕らえられ、八戒は敗走する。

第三十回　邪魔が正法を侵すこと　意馬が心猿を憶うこと

せっかく逃がしてやったのに、なぜ攻めてきたのだろうと、黄袍怪は妻を疑うが、沙悟浄の機転で、うまくごまかすことに成功する。妖魔は美形の男子に化けて宝象国におもむき、国王に面会して、婿としてのあいさつをする。そればかりか、王女をさらったのは虎であると偽り、さらに術を使って三蔵を虎の姿に変えさせた。「三蔵は虎だった」との噂は国じゅうに広まり、白馬の耳にも入った。白馬は龍の姿となって王宮に様子を見にいき、妖魔と戦うが、力足らず、敗走して馬の姿にもどる。そこに逃げた八戒がやってきた。白馬は言葉を尽くして「悟空を呼んできてくれ」と八戒を説得する。八戒はしぶしぶながら花果山に向けて東に飛ぶ。

第三十一回　猪八戒が義もて猴王を激ること　孫行者が智もて妖怪を降すこと

花果山に着いた八戒、しばし悟空にからかわれるも、「黄袍怪があにきのことをバカにしているぜ」と、悟空のカッとなりやすい性格を利用して考えを改めさせ、二人は三蔵を救うべく西へ飛ぶ。まずは悟浄と王女を救いだし、王宮に行って黄袍怪と戦ったものの、なかなか勝負がつかない。悟空が天界におもむいて調べたところ、二十八宿のひとり奎木狼が行方不明であることが判明。正体がばれた黄袍怪は降伏し、三蔵も元の姿にもどった。

人間に化けて三蔵に近づき、かれを襲う妖怪白骨夫人。悟空がこれを退治し、その正体が妖怪であることをいくら説明しても、頑迷な三蔵は、悟空のことばを信じようとせず、殺生戒をやぶったかどで、とうとう破門してしまう。つづいて、悟空が不在なのをいいことに、黄袍怪が三蔵たちを襲う。かくして取経のパーティの信頼関係は、崩壊の危機を迎える。『西遊記』のなかでも白眉といえるエピソードだろう。

今回の事件は、『西遊記』物語としては、三蔵が妖怪に襲われることによる最初のものとなる。なぜ三蔵が襲われねばならないかというと、妖怪たちが三蔵の肉を求めているからである。三蔵の肉の効能について最初に言及してくれたのも、この白骨夫人であった。ここでは訳出していないが、彼女は三蔵の姿を見て、こう言うのだ。

「やったわ！　やったわ！　ここ数年、うちの者どもが、東土の唐の和尚が、大乗のお経を取りにやってくると言っていた。やつはもと金蟬子の化身で、十世にわたって修行を積んだ原体だ。その肉をひとときれ食べれば、不老長寿になるという。そいつがきょう、おでましとはねえ！」

これより以降、妖怪たちは、三蔵の肉という、不老長寿の効能をもった最高級の食材を求めるために、かれらを襲うことになる。そしてこの飽くなき食欲こそが、『西遊記』物語を稼働させているエネルギーであるといっても過言ではないだろう。

白骨夫人のエピソードは、つづく黄袍怪との戦いの序章に過ぎない。宝象国の王女の一件もからみ、三蔵は危機におちいる。ここで地味ながらも大きな活躍をするのが、龍王の太子である白馬であった。めずらしくことばをしゃべり、本来の龍の姿になって戦ったりもする。すぐに悟空を呼びもどせとの説得に、八戒もしぶしぶながら、花果山めざして東に飛ぶ。そんな八戒も、三蔵の命があぶないことを知り、もたもたしてはいられないと、いつもよりスピードアップして飛ぶのである。その方法がなかなか科学的だ。かれはその大きな耳を、ヨットの帆のように広げ、西風をいっぱいにはらんで飛行速度をあげ、東に飛ぶのである。八戒は、ジェット気流の利用を知っていたに相違ない。

コラム　二十世紀の白骨精ブーム

第二十七回に出てくる妖怪は、作中では「屍魔」（死体の魔物）とのみ呼ばれ、悟空に殺されたあとで、その正体が「白骨夫人」であることが明かされるだけの、どちらかといえば影の薄い妖怪である。屍魔との戦いは第二十七回でひとまず終わるので、『西遊記』全体のなかでは、わりと短い挿話にすぎない。それにもかかわらず、このエピソードはその後、大きく改編されて、現代の中国においては、ひときわ知名度の高いものとなった。

小説ではあっさり書かれているこのエピソードも、清代に作られた宮廷演劇の脚本『昇平宝筏』では、黄袍怪は白骨夫人と兄妹のちぎりを結んでいるとされ、紹興の地方劇などには、「孫悟空、三たび白骨精を打つ」という大きな演目も作られていた。ことに中華人民共和国が成立してからの一九六〇年代には、演劇や映画、連環画（絵物語）などにも改編される。そこではもはや黄袍怪の姿は消え、「白骨精」の名で新たに創造された白骨夫人は、『西遊記』に登場するさまざまな女妖怪たちの要素を取り入れた妖婦として造形され、『西遊記』物語のなかでも最もポピュラーなエピソードへと変貌した。それというのも、中共政権が、これを政治宣伝・政治教育に利用できることに気づいたからだ。善良な人間を装って近よってくる妖怪変化は、社会主義中国の建設をおびやかす、あらゆる敵対勢力に喩えられた。

文化大革命（一九六六～一九七六）の終熄後も、白骨精のテーマは繰り返し宣伝された。こんどは叩くべき敵が、文化大革命を推し進めた「四人組」の一人であり、「悪女」と目された毛沢東夫人の江青女史であり、女妖怪に例えるには、まさにうってつけだったからである。一九八五年、白骨精のエピソードは『金猴降妖』（邦題『西遊記　孫悟空対白骨婦人』『孫悟空　白骨精の巻』）と題する長編アニメーションにも改編された。

第三十二〜三十五回　金角銀角との戦い

第三十二回　平頂山にて功曹が信を伝えること　蓮花洞にて木母が災禍に逢うこと

一行は平頂山というところにさしかかる。ここには金角・銀角という魔王の兄弟がいて、三蔵が来たら捕らえて食ってやろうと、待ちかまえていた。悟空に言われて、しぶしぶ山のみまわりにでかけた八戒。どうせサボるであろうと考えた悟空は、羽虫に化けて、こっそりあとをつけていく。

ブーンと音をたてて飛び立った悟空は、八戒に追いつくと、耳のうしろの毛の根本にぴたりととまりました。かのあほうは、ひたすら前に進むのに精いっぱいで、だれかに見張られているなんて気がつくはずもありません。そのまま七、八里も行ったところで、まぐわをほうりだし、くるりと顔を三蔵のいたほうにむけると、手足をバタバタ動かしてののしりました。

「甲斐性(かいしょう)なしの坊主！　人の弱みにつけこむ弼馬温(ひっぱおん)！　いくじなしの沙和尚(さおしょう)！　あいつらみんな、むこうでのんびりしてるくせに、この猪(ちょ)さまには山歩きをさせて、おもしろがってやがる。みんなで取経の旅に出て、みんなで正果(しょうか)を得ようとしているのに、おいらだけ山の見まわりだなんて、どういうつもりだ！　ハッハッハ！　妖怪がいると知ったもんだから、ビビっちまって、まだ山を半分も越えないうちから、おいらに探りに行かせようってことだな。まったく腹が立つぜ。そのあたりに行ったところで、ひとねむりしてやれ。目が覚めてからもどり、てきとうに言いつくろっておきゃいいだろう。山を見まわってきましたって報告すりゃ、帳尻(ちょうじり)も合おうってえもんさ」

　そのあほう、たちまち浮き浮きしてくると、まぐわを手に取り、ふたたび歩きだしました。ふと見れば、山のへこみをぐるりと取り巻くように紅い草が生えた斜面があるではありませんか。かれはさっともぐりこみ、まぐわで地面を搗(つ)いて寝床をこしらえると、ごろりと横になって、うーんとひと伸び

して、

「ああ、いい気持ちだ。あの弼馬温だって、おいらみたいにのんびりはできねえだろう」

そもそも悟空はかれの耳のつけ根で、八戒のことばを一言一句、聞いていたのです。がまんできずに舞いあがると、またからかってやろうと、ふたたび体をひと揺すりして、一羽のキツツキに変じました。

（中略）

見ればこの鳥は、大きくもなく小さくもなく、重さを量ったら、せいぜい二、三両（一両は六十グラム）といったところですが、赤銅のくちばしに黒鉄の脚の爪をもっていて、サアッとはばたいて降下しました。かの八戒、横になって寝っころがっていたところ、その口めがけてひと息に突かれたものですから、あわてて起き上がり、口のなかでわめきちらしました。

「化け物だ、化け物だ！　このおれを槍でひと突きしやがった！　口が痛えよ！」

手でさわってみたところ、血が出ています。

「まいったぜ。めでたいこともないのに、口には祝いの紅い幕が掛かってやがる！」

八戒（はっかい）は血のついた手を見ながら、口ではぶつぶつぼやき、あたりをきょろきょろ見まわしましたが、なんの気配もありません。

「化け物なんかいないのに、どうしておれは突き刺されたんだ？」

ふとこうべをあげると、キツツキが空を舞っているではありませんか。あほうは歯をぎりぎりと嚙（か）みしめ、ののしるには、

「このくたばりぞこないが！　弼馬温（ひつばおん）がおれをいじめるんなら、まあ、よしとしよう。だが、おまえまで、おいらをバカにするのかよ！　ははーん、わかったぞ。おまえはおいらのことを人だと思っていないんだな。おおかたこの口を、黒く朽ち果てた枯れ木だと思ったんだろう。そんな枯れ木のなかには虫がわいているもんだから、虫を探して食おうとして突いたんだな。ならば、この口をふところに押しこんでから寝るまでさ」

そのあほうはごろりと横になると、もとのように寝てしまいました。悟空（ごくう）はまた飛んできて、耳のつけ根のうしろを、ひと突きしました。あほうは、あわててはい起きると、

「くたばりぞこないめ、どうしてもおいらを寝かさねえつもりだな。もしかしたら、ここはやつの巣なのかもしれないな。卵を産んで、雛（ひな）を育てているのかも。おいらに横取りされると思って、こんなに攻めてくるのかな。はいはいはい、ここでは寝ないことにするよ」

　そう言うと、まぐわを手にして紅い草地から飛びだし、道にもどってふたたび歩き出しました。まこと、おかしくて死にそうな孫行者（そんぎょうじゃ）、大爆笑しそうな美猴王（びこうおう）、思いますには、「あほうめ、そのふたつの目ん玉をおっぴらいて、よく見てみろってんだ。仲間のことも分からんのかねえ」

あっぱれ悟空（ごくう）、その身をひと揺すりすると、また羽虫に化け、八戒（はっかい）の耳のうしろにへばりつき、離れようとしませんでした。

あほうが山の奥深く、さらに四、五里も入っていくと、くぼんだ地面にテ

ーブルほどの大きさの四角い青い石が三つころがっていました。見ればあほうは、まぐわをほうりだすなり、石に向かってうやうやしく挨拶をするではありませんか。行者はひそかに笑って、「このあほうめ、石は人じゃあるまいし、口をきかないし挨拶も返さない。石に挨拶をしてどうしようってんだ？　まったくわけのわからんことをしやがる」

じつはこのあほう、それらの石を、三蔵、悟浄、悟空の三人に見立てながら、報告の練習をしているのでした。

「まずはもどって師匠にあいさつをする。もしも『化け物はいたか？』ときかれたら、『化け物はいました』と答える。『どんな山だった？』ときかれて、『泥を捏ねた山です』とか『錫でできた山です』とか『銅で鋳た山です』とか『小麦粉を蒸した山です』とか『紙を糊づけした張り子の山です』とか『筆で描いた山です』なんて答えたとしよう。あいつら、おいらのことをあほうだと思ってやがるから、そんな報告をしたら、ますます『この、どあほう！』って言われちまうだろうな。ただ『石の山でした』って答えりゃいいんだ。『どんな洞窟があった？』ってきかれたら、やっぱり『石の洞窟でした』って答えればいい。『どんな門だった？』ってきかれたら、これには『鋲を打ちこんだ観音開きの鉄の門』って答えよう。『洞窟はどのくらい深かった？』ってきかれたら、『内側は三重になっていました』って答える。さらに詳しく問い詰められて、『門には鋲がいくつあった？』なんてきかれたら、『猪さまはあわてていたので、よく覚えておりません』と答えりゃいいんだ。これでうまいこと話をでっちあげたぞ。あの弼馬温のやつをだましてやれ」

　こうしてでっちあげを終えると、このあほうはまぐわを引きずりながら、もと来た道をもどっていきました。ところが、悟空が耳のうしろでひとつのこらず、すっかり聞いていただなんて、知るよしもありません。悟空は、八戒がもどろうとするのを見て取るや、羽をはばたかせて先まわりしてもどり、もとの姿になると、師匠にまみえました。

　三蔵、

「悟空や、おかえり。悟能はどうしてまだもどらないのかな？」

悟空が笑って答えますには、

「あいつはむこうで法螺話をでっちあげているところです。それが終わったら来ますって」

「悟能は、ふたつの耳が目を覆い隠している。愚鈍な者だ。法螺話などでっちあげられるものか？　おまえはまた、ありもしない話をこしらえて、あやつに濡れ衣を着せようとしているな？」

「お師匠さま、あなたはいつだってそのように、あいつをかばってばっかりなんですね。あいつの話と照らし合わせたらはっきりすることですよ」

と、悟空は、八戒が草叢にもぐりこんで寝ていたこと、キツツキにつつかれて起こされたこと、石に向かって挨拶をしていたこと、石の山だの、石の洞窟だの、観音開きの鉄の門だの、化け物がいただのの話をでっちあげていたことを、あらかじめ三蔵に報告しておきました。そんな話が終わってほどなくすると、あのあほうがもどってきました。でっちあげた話を忘れないよう

にと、こうべを垂れて、口のなかでおさらいしています。そこを悟空がどなりつけ、

「あほうめ！　なにをぶつぶつ言ってるんだ？」

八戒は耳をたくしあげて、あたりを見まわし、

「ついちまったのか？」

と言うと、三蔵の前に進み出てひざまずきました。三蔵はそれをたすけおこし、

「弟子よ、ごくろうさん」

と言えば、八戒は、

「まこと、道あるく者に山のぼる者、世界で一番ごくろうさん、ですよ」

三蔵はたずねて、

「化け物はいたのかね？」

「いました、いました！　山ひとつぶんもいましたよ」

「化け物は、どうしておまえを帰してくれたんだい？」

「やつらはおいらのことを、猪のご先祖さまだの、猪のお祖父さまだのと呼んで、はるさめのスープや精進料理を用意し、ごちそうしてくれたんです。そして、わたしたちが山を越えるのを、旗や太鼓で見送ってやろうと言っておりました」

そこで悟空、

「おおかた草むらで寝ている時に、そんな夢でも見たんだろうさ」

あほうはそのことばを耳にするなり、ビクッとして二寸ほど縮みあがり、

「孫じいさんよ、おいらが地べたで寝ていたことを、どうして知ってんだ？」

悟空は進み出ると、八戒をぐいっとつかみ、

「さあてと、おれがたずねてやろうかい」

あほうはまたあわてて、びくびくしながら言いました。

「たずねたっていいけど、そんな、つかまなくったって！」

悟空、

「どんな山だった？」

「石の山」

「どんな洞窟があった？」

「石の洞窟」

「どんな門だった？」

「鋲を打ちこんだ観音開きの鉄の門だよ」

「洞窟はどのくらい深かった？」

「内側は三重になっていた」

悟空、

「あとは言わんでもいい。その先は、おれさまがしっかり覚えているからな。師匠は信じてくれないだろうから、おれがかわりに言ってやろう」

八戒、

「なにさまのつもりだ！　だいたい行ってもいねえのに、なにがわかる！　おれのかわりに言ってやるだと！」

悟空は笑いながら、

「門には鋲がいくつあった？　なんてきかれたら、猪さまはあわてていたのでよく覚えておりません、と答えりゃいい。どうだ、ちがうか？」

八戒は、あわてて地にひれ伏します。悟空はさらに、

「おまえは石に向かって挨拶をしていたが、石をおれたち三人に見立て、こいつに向かって一問一答していたのだろう。ちがうか？　そのうえ、こんなことも言ってたっけ。『これでうまいこと話をでっちあげたぞ。あの弼馬温のやつをだましてやれ』ってな。どうだ、ちがうか？」

八戒のあほうは、ひたすら頭を地面にぶつけてペコペコわびるのでした。


悟空にたしなめられ、ふたたび偵察に出た八戒は、銀角に捕まってしまうのだった。

第三十三回　外道が真性を迷わすこと　元神が本心を助けること

銀角は三蔵と悟浄をもさらっていく。金角は悟空が仕返しに来るのを恐れ、名前を呼ばれて返事をした者を吸いこんで溶かしてしまうという魔法の葫蘆と浄瓶を取りだし、子分の妖怪にもたせて悟空退治に向かわせる。ところが悟空は計略をもって葫蘆と浄瓶を奪い取り、魔王の住み処に潜入する。

第三十四回　魔王が巧算もて心猿を困しめること　大聖が騰那えて宝貝を騙しとること

金角銀角は、三蔵の肉を食べる宴会に、母を招待すべく手下を派遣する。それを知った悟空は、先まわりして手下の妖怪を殺し、さらに金角たちの母親も打ち殺す。見ればそれは九尾の狐であった。悟空は母に化けて金角たちの住み処にもどり、三蔵らを助けようとするが、あと一歩というところで正体がばれてしまい、葫蘆と浄瓶も奪い返され、逆に葫蘆のなかに吸いこまれてしまった。

溶かされたふりをして葫蘆(ひょうたん)から脱出した悟空(ごくう)は、またまた葫蘆(ひょうたん)を奪い取り、偽物とすり替えておいた。

第三十五回　外道(げどう)が威(い)を施(ほどこ)して正性(せいせい)を欺(あざむ)くこと　心猿(しんえん)が宝(たから)を獲(え)て邪魔(じゃま)を伏(ふく)すること

金角(きんかく)の住み処(か)の外に出た悟空(ごくう)、銀角(ぎんかく)をおびき出して、ついに葫蘆(ひょうたん)にとじこめることに成功する。三蔵、八戒、悟浄をも助け出す。それに激怒した金角(きんかく)との激しい戦いが始まった。金角(きんかく)の母の弟にあたる狐阿七(こあしち)大王なる妖怪も援軍にかけつけた。

こちらは悟空(ごくう)です。沙悟浄(さごじょう)に朝ご飯のしたくをさせ、腹ごなしをしてから出発しようとしていたところ、いきなり聞こえてきましたのは、風のうなる音。外に出て見てみると、妖怪の兵隊どもが、西南から一丸となって攻めてくるではありませんか。たまげた悟空(ごくう)、とって返すと、あわてて八戒(はっかい)を呼び、

「おとうとよ、妖怪のやつ、また援軍をつれてきたようだぜ」

三蔵はこれを聞くなり、驚き色を失って、

「弟子たちよ、どうしたらよいものだろう?」

すると悟空は笑いながら、

「なあに、ご安心ください。やつの宝物をこちらに」

そう言って、浄瓶を腰に結びつけ、金縄を袖のなかに押しこみ、芭蕉扇を肩のうしろにさすと、二本の腕で如意棒をひねりまわします。さらに沙悟浄には、師匠を守って洞窟のなかにおとなしく隠れているよう言いつけ、八戒にまぐわをかまえさせると、ともに洞窟の外に飛び出して敵を迎えます。

妖怪軍団は陣を展開します。見れば先鋒をつとめるのは阿七大王。その姿はといえば、玉のように白い顔に長いヒゲ。鋼のような眉に、剣のようにとがった耳。頭には金で煉った兜をかぶり、身には鎖を編んだ鎧をまとい、手には方天戟をかまえながら、大声で叫ぶには、

「身のほど知らぬ悪党ザルめ! よくも人をバカにしおったな! 宝を盗み、

眷族をあやめ、兵どもを殺したうえに、洞窟を占領しやがって！　とっとと その首を洗って差しだすがいい。姉一家の仇をとってやる」

　聞いて悟空はののしり、

「この死にぞこないのけだものめ！　孫じいさまの腕前を知らんとみえる。逃げるんじゃねえぞ、この棒を喰らうがいい！」

　妖怪はサッと身をかわすと、真っ正面から方天戟を打ちこんできます。二人は山頂で行ったり来たり、三、四合も打ちあったところで、腕がなえてきた阿七は敗走していきました。悟空がこれを追いかけると、魔王金角が飛び出してきて、さえぎります。さらに三合ほど打ちあっていると、狐阿七がまたもどって打ちこんできます。こちらでそれを目にした八戒、いそぎ九歯のまぐわでさえぎります。こうしてしばしのあいだ、一対一の打ちあいがつづきましたが、なかなか勝負はつきません。金角は妖兵どもに一喝して、悟空たちを包囲させました。

　さて、蓮花洞のなかに隠れていた三蔵、大地を震わす音を耳にして、声をあげます。

「沙悟浄や、おまえ兄弟子たちの勝負のほどを見てきてはくれまいか？」

言われて悟浄は降妖杖を振りあげ、「オー！」と叫びながら飛び出し、妖兵どもを蹴散らしました。阿七は形勢不利と見るや、きびすを返して逃げようとします。八戒、そうはさせじとあとを追い、背後からまぐわを打ち下ろしました。この一撃をくらった阿七はたちまち――

真赤な血潮は花と散り

あわれ霊魂あの世行き

いそぎ引き寄せて着物を剝がしてみたところ、なんとそやつは狐の化け物でした。

金角は叔父がやられたのを目にするや、悟空はほったらかし、宝剣をかまえ、八戒めがけて斬りこんでいきました。八戒はまぐわでこれを迎えます。ふたり打ちあっているところに、悟浄が突進していき、杖をふりあげて打ちこみます。これにはかなわぬと見た金角大王、雲を起こし風とともに南に逃げました。八戒と悟浄、ぴたりと金角を追いかけます。これを見た悟空、雲を起こして天空に飛ぶと、腰に結んでいた浄瓶をほどき、魔王に狙いを定め、

「金角大王！」

と叫びました。

大王は、味方の敗残兵が呼んだのだと思い、ふりむいて、

「おお！」

と返します。たちまちヒューッと音がして、金角は浄瓶のなかに吸いこまれてしまいました。悟空は「太上老君急急如律令奉勅」と書かれたお札を貼りつけました。ふと見れば、あの七星剣が地に落ち土ぼこりにまみれていましたので、これもまた悟空のものとなりました。

八戒がやってきて、

「あにき、宝剣は手に入ったな。化け物のほうはどうなった？」

悟空は笑いながら、

「一件落着ってとこさ。この浄瓶のなかにとじこめちまったよ」

これを聞いた悟浄は、八戒とともによろこびあいました。

その場で、のこった妖怪ども一匹のこらず平らげ、洞窟にもどると、三蔵に勝利の報告をいたします。

「山はすでに浄められ、妖怪も、もうおりません。お師匠さま、どうぞ馬にお騎りください。先に進みましょう」

三蔵はおおよろこび、師弟そろって朝のお斎をとると、荷物と馬のしたくをして、西への道を進みました。

ほどなくして、道ばたから、いきなりひとりの盲が飛び出してくると、三蔵の馬の前に立ちはだかってこれをとどめ、言うには、

「和尚よ、どこへ行く？　わしの宝物を返せ」

八戒は驚いて、

「こりゃいかん、妖怪め、宝物を取り返しに来やがったぞ」

悟空がよくよく見れば、それは太上老君ではありませんか。あわててそばに駆け寄り、礼を施して、

「ご老体、どちらにお出かけです？」

かの老君、曲がった脚のついた玉座に跳び乗ると、空のかなたに立ち、

「孫行者(そんぎょうじゃ)よ、わしの宝物を返してくれい」

悟空(ごくう)も空高く飛び上がり、

「宝物って、どの宝物です？」

老君は答えて、

「葫蘆(ひょうたん)はわしが丹薬を入れるためのもの。浄瓶は水を入れるためのもの。宝剣は魔障を断ち切るためのもの。扇は火を煽(あお)ぐためのもの。縄はわしが上衣に締める帯だ。あのふたりの妖怪だが、ひとりはわしのところの金炉(きんろ)の番をする童子で、もうひとりは銀炉(ぎんろ)の番をする童子じゃ。わしの宝物を盗んで下界に降り、ゆくえをくらましていたのだが、いま、おぬしが捕まえてくれたとは、お手柄であったのう」

それを聞いた悟空(ごくう)、

「ご老体、たいへん無礼をいたしました。でもね、おたくの使用人をほった

らかしにして、悪さを働かせとくなんて、お身内の監督不行届きの罪に問われませんか？」

老君、

「わしには関わりのないこと。みだりに人のことをとがめるもんじゃないぞ。これはな、南海の観音菩薩がわしのところに三べんも頼みに来たから、貸してやったのだ。ここに送って妖魔にしたて、おぬしら師弟に、西天におもむくだけの真の意志があるかどうかを試したのだ」

聞いて悟空、腹のなかで思いますには、

「あの観音菩薩も、まったくだらけているんじゃねえか？　むかしこの孫さまを救ってくれて、唐僧の西天取経を守るようにと言われたときは、おれが、道中は苦難が多くてたいへんだと言ったら、困ったことになったら、みずから来て救ってやろうと約束してくれたはずだ。なのにいま、あろうことか邪悪な妖怪を使っておれたちを襲わせるとはな。言ってることとやってることが違うじゃねえかよ。死ぬまで行かず後家なのもあたりまえだぜ。もしも老君がじきじきに来なかったら、宝物を渡しなんかしないんだが、そういうことならもっていってもらおうかい」

かくして老君は五つの宝物を引き取りました。葫蘆と浄瓶のふたを開けますと、そこからふたすじの仙気が出てきました。老君がこれを指さすと、それは金と銀のふたりの童子の姿と変じ、老君の左右にはべります。そこで万道の光の筋がほとばしり、見よ！

縹緲として同に帰らん兜率院
逍遙として直に上らん大羅天

はてさて、この先、いかなる事件がおこるのでしょう。また孫悟空はいかにして唐僧をお守りするのでしょう。そしてまた、いつになったら西天に到ることができるのでしょう。まずは次回の解き明かしをお聴き下さい。

金角と銀角の兄弟は、『西遊記』の妖怪のなかでも、わりと有名なほうだろう。かれらとの戦いは、ダイジェスト版でもけっして外せないエピソードだ。その金角と銀角との戦いのきっかけとして置かれているのが、八戒による山の偵察というエピソードであり、この直後に八戒は金角たちの手下の妖怪に捕らえられてしまう。『西遊記』のテクストの大部分は、まことに軽妙な語りと会話とで成り立っているが、この回における八戒のひとり語りによる偵察報告のリハーサル、また悟空と八戒のやりとりは、『西遊記』全体のなかでも、とびきりみごとな言語美を成り立たせているといえるだろう。そのまま漫談や漫才として成立しうる語りである。『西遊記』においては、数ある妖怪たちとの戦闘場面などよりも、幕間に置かれたこのようなコントこそが、その読みどころなのである。まさしく声に出して読みたい『西遊記』と言うべきか。

　第三十二回の冒頭には、ここでは訳出していないが、「もしも妖怪に喰われるなら、頭からがいいか、足からがいいか」という命題について、悟空が、次のような明確な答えを提出している。

「もし頭から喰われたなら、ガブリとかまれて、それでオダブツです。そのあとは、煎られようと、炒められようと、焼かれようと、煮られようと、痛くも痒くもありません。ところが、もし足から喰われるとなると、まず足の甲をかじられ、ももをかじられ、腰骨まで喰われたところで、まだ死にきれず、ぐちゃぐちゃになるまで喰われて、痛いのなんの。そりゃあつらいもんですぜ」

われわれ俗人のだれもが、できることなら、なるべく苦痛を味わうことなく、あの世に行きたいものだと願っていることだろう。古代の賢人による哲学書には、人生の指針とすべきありがたいことばがちりばめられていて、われわれに希望と勇気とを与えてくれるものだが、悟空のクールなおことばも、傾聴すべき意見ではあるまいか。あらゆる苦痛は、脳がそう感じることに由来する、というわけである。一見、たあいのない話ではあるが、中国でもっとも残忍な処刑方法である「凌遅処死（りょうちしょし）」（一寸刻みの刑）は、まさにこの「足から喰われる」の理論を実用化したものなのだろう。

この「君たちはどう喰われるか」の議論のあとに、八戒の偵察というエピソードがつづく。ここでは、八戒の脳内の想像力がオーバーヒートしたことによる、「疑心、暗鬼を生ずる」といった心理状態が活写されている。かれは、みずからの妄想によって、ひとり相撲に翻弄（ほんろう）されるのだった。どうやら『西遊記』第三十二回は、「脳のはたらき」が、テーマとして貫かれているようだ。

コラム　葫蘆（ひょうたん）とその仲間たち

『西遊記』には、多くの魔法の道具や武器が登場するが、これを「宝貝（パオペイ）」という。今回活躍するのは、名前を呼ばれて返事をした者を吸いこみ、なかで溶かしてしまうという紅の葫蘆（ひょうたん）と玉の浄瓶（じょうへい）である。似たような機能をもった「陰陽二気瓶（いんようにきへい）」なるものが、七十四回、七十五回にも出てくる。このほかにも、黄眉怪（こうびかい）という妖怪の鐃鈸（にょうはつ）や魔法の袋など（第六十五回）、見たところは小さいが、そのなかには広大な空間を包含し、なんでも閉じこめてしまう、壺中天（こちゅうてん）的な道具がめじろおしだ。これらの宝貝は、ひとり『西遊記』のみならず、中国の多くの神怪小説においても流用され、活躍する。いわば宝貝のスター・システムができあがっている。

第三十六～三十九回　烏鶏国のお家騒動

第三十六回　心猿が正しく処して諸縁が伏すこと　旁門を劈破して月の明りを見ること

やがて通りかかった山には、宝林寺という寺があった。宿を求めたが、素性のあやしい雲水の僧は泊めたがらない。また、かつて泊めた行脚僧どもが乱暴狼藉をはたらいたという理由で、断わられる。悟空がその神通力を披露してみせると、住職は恐れをなして、一行を手厚くもてなす。その夜は、月を愛でながら真言を語り、それぞれの想いを詩に吟ずる。やがて三蔵は弟子たちを先に休ませると、みずからは経を読みふける。

第三十七回　鬼王が夜半に唐三蔵に謁すること　悟空が神と化して嬰児を誘うこと

その夜、読経する三蔵のもとに、夢かうつつか、ひとりの亡霊が現われる。聞けば、自分は烏鶏国の国王であり、三年前に旱魃を救った妖怪道士の手で井戸に突き落とされたのだという。その妖怪道士が、いまの国王になりすましているので、ぜひ退治してほしいと訴えて消えていった。三蔵は、さっそく弟子たちを起こして相談する。翌日、密かに太子に会った悟空は、その事実を告げ、皇后に会って確かめるようにと説得する。

第三十八回　嬰児が母に問いて邪正を知ること　金木が玄に参じて仮真を見ること

皇后は太子に、三年前から国王の様子がおかしいことを告げる。太子は悟空から聞いた事情を伝え、偽物の国王を退治することを誓う。悟空は八戒を井戸の底にもぐらせ、国王の死体をすくいあげた。

第三十九回　一粒の金丹が天上より得られること　三年前の王が現世に再生すること

悟空は太上老君の還魂丹を用いて国王を生き返らせた。国王と一行は、烏鶏国の宮内に入り、偽の国王と対峙するが、妖怪は三蔵そっくりに化けてしまい、見分けがつかない。悟空は、あえて緊箍呪を唱えさせ、偽物を見破り、たたきつぶそうとしたそのとき、文殊菩薩がやってきた。その妖怪の正体は、菩薩が乗っている青毛の獅子だという。かつて国王が菩薩を三日三晩、水につけたので、如来が獅子を遣わして、国王を三年の間、井戸の水につけて恨みを晴らしたのだという。

第四十～四十二回　ちびっこ妖怪紅孩児

第四十回　嬰児に戯化され禅心が乱れること　猿馬と刀圭と木母のむなしきこと

一行は鑽頭号山にさしかかる。見れば子供が木から吊るされていて、三蔵に助けを求めている。これが妖怪であることは、悟空にはお見通し。だが、だまされた三蔵は妖怪にさらわれてしまった。この山には、聖嬰大王またの名を紅孩児という、子供の姿をした妖怪が住んでいて、三蔵が通りかかるのを待っていたのだった。紅孩児は、悟空の義兄弟である牛魔王の息子でもある。弟子たちは三蔵を救うべく、紅孩児が住む火雲洞を探しだす。

第四十一回　心猿が火に遭いて敗走すること　木母が妖魔に擒らえられること

悟空と八戒、紅孩児を攻めるも、逆に火攻めに遭って敗退する。火には水をということで、龍王に頼んで大量の水を浴びせかけるが、紅孩児の真火には効果がなく、悟空も痛手を負う。八戒は観音菩薩に助けを求めに飛ぶが、菩薩に化けた紅孩児に捕まってしまう。悟空は火雲洞に潜入して様子をうかがい、紅孩児が三蔵の肉を賞味するパーティに、父の牛魔王を招待しようとしていることを知る。

第四十二回　大聖が殷勤に南海を拝すること　観音が慈善もて紅孩を縛ること

悟空は牛魔王に化けて先まわりをし、火雲洞に入って、三蔵からは手を引くように紅孩児を説得するが、見破られてしまう。洞窟から脱出した悟空は、観音に助けを求める。悟空とともに火雲洞に飛んだ観音は、浄瓶の水を傾けて真火を消し、紅孩児を捕らえる。紅孩児は菩薩の戒を受け、名を善財童子と改めた。

第四十三回　黒水河の怪龍

第四十三回　黒河の妖孽が僧を擒えて去ること　西洋の龍子が鼉を捉えて回ること

行く手を阻むは衡陽峪の黒水河。船で渡ろうとすると、狂風とともに現われた妖怪に、三蔵と八戒が捕らえられる。それは西海龍王の甥にあたる鼉龍であった。すなわち、過ちを犯したため魏徴によって首を斬られた、あの涇河龍王の息子である。悟空が西海龍王に訴えると、龍王はさっそく摩昂太子を派遣し鼉龍を捕らえさせる。こうして一行は無事に黒水河を渡ることができた。

第四十四〜四十六回　車遅国の三大仙

第四十四回　法身の元運が車力に逢うこと　心正の妖邪が脊関を渡ること

車遅国。ここでは虎力大仙、鹿力大仙、羊力大仙の三道士が権力を握り、道教が重んじられ、仏教は貶められていた。仏僧たちは奴隷の身に甘んじていたが、やがて取経僧がこの地を訪れ斉天大聖が救ってくれるという、神のお告げを信じていた。これを聞いた悟空は仏僧たちを解放し、三道士が祭礼をおこなう三清殿に忍びこむと、供物を食い散らかし、聖像を便所にほうりこみ、滅茶苦茶にしてしまう。それを知った三大仙、いったい何者がやったものかと調べにくる。

第四十五回　三清観に大聖が名を留めること　車遅国に猴王が法を顕わすこと

悟空たちは、三大仙をさんざんからかったあげく姿を消す。翌日、通行手形を発行してもらうために一行が王宮に出向くと、三大仙が現われ、雨乞いの腕比べをすることになる。悟空はひそかに神々や龍王に命じて天候をあやつり、三大仙を打ち負かす。

第四十六回　外道が強を弄して正法を欺むくこと　心猿が聖を顕して諸邪を滅すること

敗北を認めようとしない三大仙、こんどは命を賭けた術くらべをしようと挑んでくるが、悟空の裏工作によってことごとく敗北し、とうとう死んでしまう。その死骸を調べたところ、なんと三大仙の正体は虎と鹿と羊。国王は改心し、道士も仏僧も等しく敬うことを約束する。

第四十七～四十九回　凍りつく通天河

第四十七回　聖僧が夜に通天の水に遮られること　金木が慈悲を垂れて小童を救うこと

行く手を阻むのは幅八百里の通天河。とりあえず東岸の陳家荘で休むことにしたが、聞けば河には霊感大王という妖魔がいて、毎年、子供の生け贄を求めているとのこと。ここは人助けとばかりに、悟空と八戒が子供に化けて生け贄となり、大王の巣窟にもぐりこむことにした。

第四十八回　妖魔が寒風を弄し大雪を呼ぶこと　唐僧が拝仏を願い層氷を履むこと

悟空と八戒は、大王の巣窟で正体を現わし、妖魔たちと一戦交えるも、河底深く逃げられてしまう。その翌日、あたりは急に寒くなり、河の水が凍ってしまった。一刻も早く渡ってしまいたいと主張する三蔵について、一行は氷の上を西へと渡る。ところが河のなかほどまで来たところで突然氷が割れて、三蔵は河底に引きずりこまれてしまった。河の結氷は三蔵を捕らえるための大王の計略だったのだ。

第四十九回　三蔵が災に遭って水宅に沈むこと　観音が難を救い魚籃を現わすこと

三人は河底に潜って妖魔と戦うが、敵は水中ではやたらと強く、やむなく撤退。悟空は観音菩薩のもとに飛び、助けを求めた。そこで、観音が手ずから編んだ竹籠を河に投じたところ、なかでは一匹の金魚が泳いでいた。妖魔の正体は、観音が蓮池で飼っていた金魚だったのだ。三蔵を救った悟空たちは、通天河の老亀の背に乗って対岸に渡った。老亀は三蔵に、亀がいつ殻から出られるかを仏さまに訊ねてもらうことを依頼し、三蔵は約束する。

第五十〜五十二回　独角児大王

第五十回　情は乱れ性が縦なるは愛欲に因ること
神は昏み心が動じ妖魔の頭に遇うこと

行く手にそびえる大きな山。山あいには立派な楼閣が見える。妖怪の匂いに警戒した悟空は、「ひもじいぞ！」と騒ぐ三蔵に、地面に描いた輪から出ないようにと言いつけて、食べ物を探しに行く。待ちきれぬ三蔵たちは、輪から抜け出し楼閣に入っていった。この楼閣、じつは独角児大王という妖怪の住み処であった。三蔵が消えたのを知った悟空は、楼閣に入り、大王と一戦まじえるが、敵もなかなか強く、悟空は如意棒を奪われてしまう。

第五十一回　心猿が空しく千般の計を用いること　水火に功は無く妖魔を降し難いこと

悟空は天界に飛んで神々に助けを求める。托塔李天王と哪吒太子、それに雷公が下界に降りたが、独角兕大王の白い輪によって、もっていた武器を奪われてしまった。火と水で攻めてはみたが、効果はない。悟空は蠅に化けて大王の洞窟に潜入し、如意棒を取り返すことに成功する。

第五十二回　悟空が大いに金兜洞を鬧がすこと　如来が暗かに妖の正体を示すこと

ふたたび敵陣に潜入した悟空、ひと暴れしたものの、武器の奪還には失敗する。万策尽きた悟空は、如来に助けを求める。如来は十八羅漢を遣わすが、これまた武器を奪われる。如来の薦めで太上老君のもとに飛んだ悟空は、老君の青牛が行方不明であることを知る。独角兕大王の正体は、その青牛だったのだ。老君は青牛を収め、悟空は三蔵たちを救い出した。

第五十三～五十五回　西梁女人国での危機

第五十三回　禅主が餐を呑んで鬼孕を懐むこと　黄婆が水を運んで邪胎を解すこと

一行は、ひとすじの小さな河にさしかかった。女の渡し守に対岸まで運んでもらったが、喉が渇いた三蔵と八戒が河の水を飲んだところ、たちまち腹痛に襲われる。聞けばこの地は西梁女人国といい、住人は女ばかりで男がいない。また、この河は子母河といい、女たちは子母河の水を飲んで妊娠するのだという。子をおろすには牛魔王の弟の如意真仙が守っている落胎泉の水を飲むしかない。悟空と悟浄は真仙と戦って、泉の水を手に入れ、三蔵と八戒の腹はもとにもどった。

第五十四回　法性が西に旅して女国に逢うこと　心猿が計を定め煙花を脱すること

西梁女人国のみやこに着いた一行は、通行手形を求めて宮城に入る。三蔵を見初めた女王は、自分と結婚して国王となるよう求める。悟空の計略によって、この危機から脱することができたが、たちまち一陣のつむじ風が吹き、三蔵はどこかの女妖怪に連れ去られてしまった。

第五十五回　色邪が淫らに唐三蔵に戯れること　性正が修持して身を壊らないこと

三蔵をさらった妖怪のあとをつけていった弟子たちは、毒敵山琵琶洞というところにたどりつく。三蔵はここに住む女妖怪に捕らわれてしまったらしい。悟空は羽虫に化けて、洞窟の門の隙間から侵入し、三蔵の様子をうかがいにいく。見れば妖怪は三蔵を誘惑しようとしているではないか……。

女妖怪は四阿(あずまや)からおりてくると、春の葱(ねぎ)のように白くほっそりした十本の指をのばして三蔵(さんぞう)を引き寄せ、言いました。

「御弟(ぎょてい)さま、どうぞお楽になさってください。ここは西梁女人国(せいりょうにょにん)の宮殿ではございませんので、豪華絢爛(けんらん)というわけにはまいりませんけど、かえって静かでのんびりしておりますから、仏さまを念じお経を読むのには、ぴったりじゃございません？　あたしたち、夫婦(めおと)になって、百歳まで共白髪(ともしらが)と仲よく暮らしましょうよ」

三蔵(さんぞう)はだまったまま。妖怪はさらに、

「どうか、くよくよなさらないでくださいな。あなたが女人国(にょにん)の宴席で、なにひとつお口になさらなかったことは存じております。ここには生臭(なまぐさ)ものと精進(しょうじん)ものの二種類のおまんじゅうがございます。お気にめしたほうを召し上がって、まずはお気をお鎮(しず)めください」

三蔵(さんぞう)はなにも言わず、じっと考えこんで、

「口もきかず、なにも食べずにいても、この妖怪、あの女王のようにはいくまい。女王はなんといっても人の身だから、礼をもって接してくれたが、こいつは妖怪だから、危害を加えるであろう。さて、どうしたものか？　三人の弟子たちとて、わたしがここでひどい目にあっているることなど知るよしもなかろう。もし危害を加えられたら、あたら犬死にということになってしまうし……」

あぁでもない、こうでもないと心は千々に乱れましたが、どうすることもできません。やむなく勇気をふるいおこして、口を開き、

「生臭ものは、どんなものですか？　精進ものは、どんなものですか？」

女妖怪は答えて、

「生臭ものは人肉のまんじゅうで、精進ものは、鄧沙餡のまんじゅうですよ」

「貧僧は、精進ものをいただきましょう」

すると女妖怪は笑って、

「小女や、熱いお茶をもってらっしゃい。ご主人さまには精進もののまんじゅうをさしあげてちょうだい」

ひとりの小女が香りのよいお茶を載せたお盆を両の手で運んできて、三蔵の前に置きました。女妖怪は、精進まんじゅうをひとつ手に取り、ふたつに割ると、半分を三蔵に渡しました。三蔵は生臭まんじゅうをひとつ手に取ると、まるごと女妖怪に渡しました。妖怪は笑って、

「御弟さま、どうして割ってくださらないのかしら？」

三蔵は合掌して、

「それがしは出家の者。生臭ものを割ることなどできましょうや」

　すると妖怪は、

「出家の者が生臭ものを割ることができないっていうのなら、このあいだは、子母河のほとりで水高を口にされたのに、きょうはまたどうして鄧沙餡のまんじゅうを口にされるのかしら？」

　三蔵が答えるには、

「水が高ければ船の去ること急に、沙に陥あれば馬の行くこと遅し」


　女妖怪は三蔵に結婚を迫るが、相手にされないので、三蔵を縛り上げてしまう。そこに攻めこんだ悟空たちも、妖怪の毒の杭にやられて敗走する。ふたたび攻めこむと、こんどは八戒がやられてしまう。悟空は観音菩薩のアドバイスに従って、昴日星官に加勢を頼む。昴日星官はオンドリの化身である。星官は悟空たちの毒を消してやり、女妖怪に向かってひと声叫ぶと、敵はたちまち正体を現わし、八戒のまぐわの一打ちで、つぶされてしまった。見ればそれは一匹の雌サソリ。サソリの天敵はオンドリである。こうして三蔵も救出された。

『西遊記』には、じつは意味不明なところがたくさんある。この回で訳出した最後の部分は、そのまま読んでも、なにを言っているのやら理解が難しい。とりあえずここでは、ひとつの解釈を提示しておこう。

女妖怪は、なんとかして三蔵と契りを結びたいがため、誘惑のことばを投げかけるとともに、仏僧としての戒律を破らせるため、生臭ものを食べさせようとする。むろん三蔵は、これらをはねつけ、

「それがしは出家の者。生臭ものを割ることなどできましょうや」と言う。

「生臭ものを割る（破葷）」は、生臭もののまんじゅうをふたつに分けるという意味とともに、「生臭ものを口にしないという戒律を破る（破戒葷）」ことをも意味し、さらには女妖怪との肉体関係をも連想させよう。

そこで女妖怪が言う。

「出家の者が生臭ものを割ることができないっていうのなら、このあいだは、子母河のほとりで水高を口にされたのに、きょうはまたどうして鄧沙餡のまんじゅうを口に

されるのかしら？」

「水高」がなにを指すかについては諸説となえられているが、「水糕（すいこう）」のことであるとの説がある。「水糕」は、現在では米から作る蒸し菓子のことを言うが、ここでは甘美な水のことであり、それを口にしたというのは、子母河の水を三蔵が飲んで妊娠し、さらに落胎泉（らくたいせん）の水を飲んで堕胎（だたい）にいたったことを指している。したがって、三蔵はすでに堕胎という形で殺生戒（せっしょうかい）を犯しているではないか、という理屈だ。それなのに、いまさら生臭ものを断ってどうするの？　と女妖怪は揶揄（やゆ）している。また同時に、子母河ではのどの渇きに耐えられず河の水を飲んでしまったように、ここでも情欲を解き放ってもよいのだよと、女妖怪はうながしている。一説に「水糕」は豆腐のことで、おまえは女人国（にょにんこく）の女王と結婚式を挙げて、そこの宴会で豆腐を食ったではないか、という解釈もある。さらには精液のことを指すという説もある。

三蔵はこれに対して、女妖怪の含意を知ってか知らでか、「水が高ければ船の去ること急に、沙（すな）に陥（あな）あれば馬の行くこと遅し（水高船去急、沙陥馬行遅）」とつぶやく。妖怪の言う「水高」と、「鄧沙餡（あんこ）」の「沙餡（シャーシエン）」を同音の「沙陥（シャーシエン）」に言い換えて返したのだが、水位の高さや砂の状態で、船や馬の進みかたは変わるものだと説いている。

三蔵は、子母河の水を飲んでしまったのは、あらがいきれない外部の状況に拠（よ）るものだから、しかたないじゃないか！　と、言いわけをしているのかもしれない。

　ちなみにこの場面は、蜜蜂（みつばち）に化けた悟空（ごくう）によってしっかり観察されていた。悟空はあとになって八戒（はっかい）と悟浄（ごじょう）にこの状況を再現してみせるのだが、そこで悟空は、「女妖怪が『出家の者が生臭ものを割ることができないっていうのなら、このあいだは、子母河（しぼが）のほとりで水高（すいこう）を口にされたのに、きょうはまたどうして鄧沙餡（あんこ）のまんじゅうを口にされるのかしら？』と言うと、師匠はその意味がわからず、『水が高ければ船の去ること急に、沙（すな）に陥（あな）あれば馬の行くこと遅し』って答えていたぞ」と報告している。

　いずれにしても、だれもが知っている『西遊記』とはいえ、いまだに解釈の定まらない文や語彙（ごい）は少なくないのである。ちなみに「水高」をめぐるやりとりは、清代（しん）の簡略本（『西遊真詮（さいゆうしんせん）』など。邦訳は平凡社版『西遊記』）になると、あっさり省略されている。

第五十六〜五十八回　偽物『西遊記』？

第五十六回　神は狂って草寇を誅すること　道は昧くして心猿を放つこと

とある山で、一行は山賊に襲われる。悟空が賊の親分を殺すと、手下どもは散り散りになって逃げてしまった。親分の敵討ちをせんと、手下どもはふたたび一行を襲うが、悟空の手で皆殺しにされてしまう。これを見た三蔵は激怒して、「消えうせろ！」と悟空を破門する。

第五十七回　真の行者が落伽山にて苦痛を訴えること　仮の猴王が水簾洞にて文を書き写すこと

行き場を失った悟空は、やむなく観音のもとを訪れる。三蔵のほうは、悟空がいないものだから、八戒と悟浄が水や食べ物を探すことになった。そこに悟空が水をもってもどってきた。三蔵が、「おまえの水など飲めぬ」と言うと、悟空は三蔵を打ち、荷物を奪って消えてしまう。悟浄は花果山に飛んで荷物を取り返そうとするが、そこには悟空だけでなく、三蔵、八戒、悟浄までがいた。かれらはサルの妖怪が化けた、取経の一行の偽物なのであった。悟浄が観音のもとに行ってみると、そこには本物の悟空がいた。

第五十八回　二心が大なる乾坤を攪き乱すこと　一体が真なる寂滅を修し難きこと

花果山に向かった悟空と悟浄。本物と偽物の悟空は、戦いながら観音のもとにやってきた。ところが観音にも玉帝にも閻魔にも、どちらが本物か見分けがつかない。如来がサルの分類学を講じ、偽物の悟空の正体が六耳獼猴であることを見破ると、本物の悟空は偽物を打ち殺してしまう。観音は悟空を三蔵のもとに返し、三蔵に対しても、むやみに悟空に腹を立ててはならないと教え諭す。

第五十九〜六十一回　火焔山の牛魔王

第五十九回　唐三蔵が路を火焔山に遮られること　孫行者が一たび芭蕉扇を借りること

師弟四人、どんどん先に進むうちに、むしむしするような暑さを感じるようになりました。三蔵が馬をひかえながらもうします。

「いまは秋だというのに、どうしてこう蒸し暑いのかね？」

すると八戒、

「なんとお師匠さまはご存じない。西方への道の途中に、斯哈哩国という国があるんですな。これすなわち日の沈むところでして、俗に《天尽頭》と呼ばれております。その国では、申酉の時刻（午後四時から六時ごろ）になりますてえと、国王は兵隊を城壁の上につかわして、太鼓を打ち鳴らし、角笛を吹き鳴らさせて、海が煮えたぎる音をまぎらわせるのです。日というのは太陽の真火(しんか)ですから、西の海に沈むときには、火を水のなかに浸けたときみたいに、海が煮え立ち沸き立つ音が、耳をつんざかんばかりになります。もしも太鼓や角笛の音で耳をまぎらわせないと、まちじゅうの子どもたちが、その音で振るい殺されてしまうのです。この土地がひどく蒸し暑いのは、思うに、その日の沈むところに来たからなのでしょう」

これを聞いた悟空(ごくう)、こらえきれずに笑いだし、

「このあほうが。でたらめ言うのもいいかげんにしろ。斯哈哩(スハリ)国ならまだまだ先だ。お師匠さまみたいに、朝には三里、暮れには二里てな調子でだらだら歩いていたら、子どもがじいさんになり、じいさんがまた子どもになり、じいさんと子どもを三回くりかえしたって、まだ着けないさ」

八戒(はっかい)、

「あにき、あんたの言うように日の沈むところじゃないとしたら、なんでこんなにくそ暑いんだい？」

そこで悟浄(ごじょう)が、

「天候不順で、秋なのに夏の気候になっちまったのかな」

三人が、ああでもないこうでもないとおしゃべりしながら歩いていると、むこうの道ばたに一軒の農家が見えてきました。見れば、屋根の瓦は真っ赤、塀の煉瓦も真っ赤、門は真っ赤なペンキで塗られ、ベンチも真っ赤な漆で塗られています。なにからなにまで、まっかっか。三蔵は馬をおりて言いました。

「悟空や、あそこの家に行って訊ねてきておくれ。どうしてこんなに暑いのかと」


赤い煉瓦造りの家に住む老人に訊ねたところ、ここは火焔山という土地で、一年じゅう炎が燃え盛っているのだという。火焔山の炎を収めるには、牛魔王の女房で鉄扇公主、またの名を羅刹女がもっている芭蕉扇を借り、あおいで消すしかないと聞かされる。羅刹女は、紅孩児の母親なので、悟空に息子を殺されたと思いこみ、怨みを抱いている。悟空は芭蕉扇を借りるために羅刹女の住む洞窟を訪ね、借用を申し入れるが、あっさり断わられ、果ては羅刹女の剣と悟空の如意棒の撃ち合いに発展する。羅刹女の芭蕉扇のひとあおぎで、小須弥山まで飛ばされた悟空は、その地の霊吉菩薩から、芭蕉扇にあおがれてもびくともしない「定風丹」をさずけられ、ふたたび羅刹女のもとに飛んでいき、交渉にのぞむのであった。


　霊吉菩薩に別れを告げた悟空、觔斗雲に跳び乗り、まっすぐ翠雲山にとって返せば、ほどなくして到着しました。洞門を鉄棒でガンガンたたきながら、

「あけろ、あけろ！　孫さまが扇を借りにきてやったぞ！」

と、どなります。

　門の内側にいた小女はぶったまげ、あわてて洞窟の奥に走り、報告します。

「奥さま、扇を借りにきたやつが、またやってきました」

　聞くなり羅刹女は鳥肌が立ち、

「あの悪党ザルめ、なかなかの凄腕とみえる。この宝物であおがれた者は、

八万四千里もの遠くまで飛ばされて、やっと止まる。やつはついさっき吹き飛ばされたのに、どうしてこんなに早くもどってこられるの？　こんどはまとめて三べんあおいでやり、帰り道もわからぬようにしてやろう」

すっくと立ち上がった羅刹女、戦いの衣装を身にまとい、両の手に剣をひっさげて、洞門から出ていくと、

「孫行者よ、あたしが恐くないのかい？　またのこのこ出てきて、そんなに死にたいか？」

悟空は笑って、

「おねえさま、そんなにケチケチしないで芭蕉扇をお貸しくだされ。唐僧をお守りしてこの山を無事に越したら、すぐにお返ししますから。このおれ、こう見えても誠意がありあまっている君子なんですぜ。借りたら借りっぱなしの小人とは、わけがちがいますんで」

すると羅刹女はまたののしって、

「この悪党ザルめが！　なんて無理無体をぬかす、わからずやなの！　息子を奪われた仇もまだ討っていないのに、芭蕉扇を貸せといわれて、はいそうですか、といくもんかね！　逃げるなよ。この剣を喰らうがいい！」

　言われて悟空、少しも騒がず、如意棒をかまえて、これを迎えます。両者、攻めては守り、守っては攻め、六、七合も打ちあっているうちに、羅刹女のほうは手がなえてきて、剣さばきもにぶりがち。悟空はいよいよ強く相手を攻めていきます。羅刹女は、形勢不利と見てとるや、芭蕉扇を取り出し、悟空に向かってサッとひとあおぎしました。ところが悟空ときたら、ふらりともいたしません。そこで如意棒を収めると、ニヤニヤしながら、

「今回は、前回のようにはいきませんよ。お好きなだけ、そいつであおいでごらんなさい。この孫さま、ちっとでも動いたら男を返上しましょう」

　羅刹女はさらにふたあおぎ。たしかに悟空はびくともしません。あわてた羅刹女、いそぎ宝物をかたづけ、洞窟に逃げこむと、ぴたりと扉を閉めてし

まいました。

羅刹女が門を閉ざしたのを見た悟空、胸に一計を案じます。着物の襟を解いて、あの定風丹を取り出すと、これを口に含みました。さらに体をひと揺すり、一匹の羽虫に変じて、扉の隙間からなかにすべりこんでいきました。

見ればそこでは羅刹女が大声をあげて、

「やれやれ、のどが渇いた。早くお茶をもってきておくれ」

近くに侍る小女が、香りのよいお茶を急須に用意すると、茶碗になみなみと注ぎました。お茶の泡がぶくぶくと沸いてでます。悟空はそれを目にするや、しめたとばかりに、ブンと羽音を鳴らして、泡の陰に飛んでいきました。のどが渇いてたまらない羅刹女は、お茶を受けとるなり、ごくんごくんと飲みほしてしまいました。羅刹女の腹の奥まで飲みこまれた悟空、そこでもとの姿を現わすと、大声をはりあげて、

「ねえさま！　芭蕉扇を貸してくださいよお！」

羅刹女はぶったまげて、

「子分どもよ！　門はしっかり閉めたんだろうね？」

みんなはいっせいに、

「閉めました」

「閉めたんなら、どうして孫行者（そんぎょうじゃ）が家のなかで叫んでいるのさ？」

小女（こおんな）が答えて、

「あいつは奥さまの体のなかで叫んでいるようですよ」

羅刹女（らせつにょ）、

「孫行者（そんぎょうじゃ）、おまえはいったい、どこでそんなペテンを弄（ろう）しているんだい？」

悟空（ごくう）は答えて、

「孫（そん）さまは、生まれてこのかたペテンなんてしたことありませんよ。すべてこれウソいつわりなしの腕前です。おねえさまのお腹のなかで、ちょいと遊ばせてもらってるだけです。肺と肝臓は拝見させてもらいました。どうやらねえさんは腹も減った、のども渇いたってところでしょう。まずは茶の一杯もさしあげて、渇きをいやして進ぜましょう」

そう言って、悟空は足をドンと踏みつけました。下っ腹に激痛が走った羅刹女、がまんできず地べたにへたりこみ、苦しげに叫ぶには、

「あいたたた！」

そこで悟空、

「ねえさま、遠慮は無用ですぜ。こんどはおやつを進ぜましょうから、これで空きっ腹を満たしてくだされ」

そう言うと、こんどはその頭を、上に向かってズンと突きました。胸が痛くてたまらなくなった羅刹女、ひたすら地べたをころげまわり、苦しさに顔は真っ青、くちびるは真っ白。

「孫のおじさま！　命だけはお助けを！」

と叫ぶばかりです。そこで悟空も手足をひっこめて言いました。

「やっとおじさまと呼んでくれたな。牛あにきの顔に免じて、命だけは助けてやろう。ほら、さっさと芭蕉扇を出して使わせてくれ」

「おじさま、お貸しします、お貸しします！　そこから出てきて、もってい

ってください」

「まずはそいつを見せてくれ。出るのはそれからだ」

羅刹女は、小女に命じて一本の芭蕉扇をもってこさせ、かたわらに立てかけさせました。悟空は、のどのあたりまで体を伸ばし、それを見とどけると、

「ねえさま、あんたの命を助けるといったからには、脇腹の下に穴をあけて出ていくわけにもいかない。やっぱり口から出ることにするから、口をあーんと三度ばかりあけてくれや」

羅刹女は言われたとおりに口をあけました。悟空はまた羽虫に変じると、すばやく飛んで出てきて、芭蕉扇の上にちょんととまります。そうとは知らず羅刹女、つづけざまに口を三べん開けて、

「おじさま、出てきてください」

と叫びました。

そこで悟空はもとの姿を現わし、芭蕉扇を手に取ると、

「おれなら、ここにいるじゃねえか。じゃ、貸してもらうぜ。あんがと

よ！」

そう言うなり、すたすたと門のほうに歩いていきました。小者たちはあわてて門の扉を開け、悟空を外に出してやりました。

雲に乗った悟空、まっすぐ東に向かって飛び、ほどなくして雲をおろすと、赤煉瓦の農家の前に立ちました。それを見た八戒、うれしくなって、

「お師匠さま、あにきがもどってきましたよ！」

三蔵は、家の老人や沙悟浄といっしょに出てくると、悟空を迎え、家のなかに入りました。悟空は芭蕉扇をかたわらに立てかけると、老人にたずねま

した。

「じいさん、芭蕉扇てのは、これだろ？」

「これです、これです！」と老人。

三蔵もよろこんで言いました。

「お手柄、お手柄！ こんな宝物を手に入れるとは、ごくろうでした」


こうして芭蕉扇を手に入れた悟空、さっそく火焔山の炎をあおいでみたのだったが、なんと炎は消えるどころか、ますます強くなるばかり。羅刹女に貸してもらった芭蕉扇が偽物であると知る。土地神から、本物の芭蕉扇を借りたいのであれば、牛魔王その人に頼まなくてはならないと聞かされる。

第六十回 牛魔王が戦いを罷め華筵に赴くこと 孫行者が二たび芭蕉扇を借りること

悟空は牛魔王に頼みこむが、やはり断わられてしまう。二人はしばらく戦うが、牛魔王は宴会に行ってしまう。悟空は牛魔王に化けて羅刹女のもとを訪れ、芭蕉扇をまんまとせしめ、火焔山に飛ぶ。宴会からもどった牛魔王は、芭蕉扇を取られたことを知り、カンカンになって悟空を追う。

第六十一回　猪八戒が加勢して魔王を負かすこと　孫行者が三たび芭蕉扇を借りること

悟空と牛魔王の戦いが始まる。八戒と悟浄に加え、土地神、天神、仏兵も加勢しての大激戦。牛魔王と羅刹女は、ついに敗北を認めて芭蕉扇を差し出す。悟空がそれで火焔山をあおぐと、炎は消え、大雨まで降ってきた。悟空は芭蕉扇を羅刹女に返し、一行は先に進むことができたのだった。

『西遊記』の地理学が、われわれが現在認識しているところの地理とは大いに歪みがあることは、すでにお話しした。やたら暑い土地にやってきた一行。ここはいったいどこなのかという三蔵の問いに対して、八戒が「斯哈哩」という、太陽が沈む西の果ての国であろうと説明する。そこでは太陽が海に沈むときにたてる音をまぎらわせるために、夕方になると楽隊が演奏するという、けったいな国なのである。現代の読者の多くは、このくだりを読んで、こう思うかもしれない。「そんなバカな国があるものか。八戒のほら吹きが、またデタラメを言っているぞ」と。だが、この国は、明代の地理学的認識においては「実在する」国であった。

十三世紀、宋代の世界的港湾都市であった泉州の役人、趙汝适が書いた世界地理の書『諸蕃志』には、斯哈哩に似た字面の国名として「斯加里野」が見える。その説明によれば、「盧眉の国境に近い島国で、一千里の広さがある。……その国の山には、たいへん深い穴が開いており、四季を通じて火を噴き出している。……五年に一度、火が石とともに噴き出てきて、海岸まで流れてきては、またもとにもどる」という。どうやら火山のある土地らしいので、火焰山に似ているとは言える。

さらに「斯加里野」の隣に目をやると、「茶弼沙」という国のことが記されている。そちらには、「……この国はたいへん明るいが、それは太陽が沈む国だからである。夕方になって日が沈むときには、その音は恐ろしいほど鳴り響き、雷よりもすさまじい。そこで毎日、城門で、千人の人間を使って角笛を吹き、ドラを鳴らし、太鼓を打って、太陽の音をまぎらわせるのである。そうしなければ、妊婦や子供は、太陽の音で狂い死にしてしまうのだ」とある。これはまさしく八戒が説くところの斯哈哩国ではないか。『西遊記』には、作中の人物が宋代の類書（百科事典）『事林広記』を読んでいるとの描写がある。『西遊記』は唐の時代の物語なのに、作中人物が、その未来にあたる宋の時代の本を読んでいるのは、とんでもない時代錯誤なのだが、どうか大目に見てほしい。その『事林広記』巻五にも、これらの国の記載がある。明刊本『西遊記』に近い時代に刊行された百科図説『三才図会』にも、「沙弼茶国」として見えているので、その図を引いておこう。海に沈まんとしている太陽と、四人の楽師が描かれている、なかなかシュールな絵だ。これらの世界地理の書物から、「斯加里野」や「茶弼沙」の記載を目にした『西遊記』の作者は、その国名を、誤記、もしくは故意に改編したものか、「斯哈哩」として八戒の口から語らせたのであろう。当時は

『三才図会』の「沙弼茶国」
（国立国会図書館所蔵）

「実在する」国であったというのは、そういうわけである。

八戒に対する悟空の非難をよくよく聞くならば、かれも斯哈哩国の存在そのものを否定しているわけではないようだ。「斯哈哩国ならまだまだ先だ」と言っている。つまり、自分たちは、まだそこまで西の果てには来ていないと修正しているのである。

「茶弼沙」は、イスラムの伝承における西の果て、太陽の沈む町ジャブルサのことであるという（ヒルトとロックヒルによる『諸蕃志』訳注による）。また「斯加里野」のほうは、地中海に浮かぶ島シチリア（シシリー）である。火山島の描写は、シチリア島のエトナ火山の情報に由来するのだろう。だとすれば、『西遊記』における火焔山のイメージの生成には、エトナ火山の情報が影響を与えているのかもしれない。

ちなみに『三才図会』は、「茶弼沙」に初めて到達した人物として徂葛尼なる人物に言及しているが、これは、アレクサンダー大王のアラブ圏における呼称「ズルカルナイン（ズー・アル＝カルナイン、双角王）」のことであり、『クルアーン』には、彼が太陽の沈む土地と太陽の昇る土地、つまり西の果てから東の果てまで到達したとのことが記されている（第十八章八十三〜九十八節）。

かくして、もしも読者のなかに、八戒のことを「口からでまかせのあほう」と考えているかたがいるとしたら、ぜひともこの機会に認識をあらたにしていただきたいものだ。かりにも天界では水軍の元帥の任にあった人物なのですぞ！　ちなみに、清代に刊行された『西遊記』本の一種である『西遊証道書』では、このくだりに、こんなコメントが付されている。――「この呆の、なんと見聞が広く知識が豊富なこと！　博物学者と称すべきであろう」と。この評者は「茶弼沙」のことを知って言っているのだろうか、それとも八戒の法螺話を揶揄しているのだろうか。

コラム　最初の長編アニメ『鉄扇公主』

アジアではじめての長編アニメーションは、火焰山のエピソードに取材した『鉄扇公主』（邦題『西遊記――鉄扇公主の巻』）と題する一九四一年公開の作品であった。作ったのは、中国アニメーションの父とされる万籟鳴、万古蟾の兄弟である。ストーリーは、『西遊記』に添いながらも、最後には民衆が力を合わせることで、牛魔王を打倒する。おりしも中国は抗日戦争時期であり、日本の侵略者を風刺した作品であるともされるが、翌年には日本でも公開され、好評を得た。

火焔山のあまりの暑さに、猪八戒（ちょはっかい）が、そのウチワのようだと形容されるみずからの耳を取りはずして、本当にウチワにして煽（あお）ぐシーンがあるなど、ナンセンス要素も盛り込まれている楽しい作品だ。

漫画家の手塚治虫（てづかおさむ）はこの作品から大きな影響を受けたと回顧している。万籟鳴は、中華人民共和国建国後の一九六一年に、カラー長編アニメーション『大鬧天宮』（邦題『大暴れ孫悟空』）の監督をつとめることになる。

第六十二～六十三回　祭賽国の万聖龍王

第六十二回　垢を滌ぎ心を洗いて塔を掃くこと　魔を縛り正に帰して身を修ること

祭賽国にある金光寺の僧侶たちは、枷をはめられ、鎖に繋がれていた。三年前に寺の仏塔にある宝物が盗まれ、国王から、その罪を着せられているのだという。悟空が塔を調べると、そこには二匹の妖怪がいた。二匹を捕まえて尋問したところ、真犯人は乱石山碧波潭に住む万聖龍王とその婿の九頭駙馬であることが判明する。三蔵らは国王に真実を告げ、僧たちの濡れ衣を晴らしてやる。

悟空と八戒は、龍王の住み処に攻めこむ。

第六十三回　二僧が怪を掃蕩して龍宮を閙がすこと　群聖が邪を排除して宝を獲得すること

悟空と八戒を迎え撃つ九頭駙馬。こいつもなかなか手ごわい相手であったが、その正体は九頭虫（九つの頭をもつという伝説上の鳥。九頭鳥）であった。苦戦の末に、悟空は龍王の脳天を打ち砕き、宝物を取りもどした。九頭虫も、加勢した二郎真君によって追い出される。龍王の女房は、仏塔につないで宝物の番人とし、寺は名を伏龍寺と改めることにした。

第六十四回　荊棘嶺で八戒大活躍

第六十四回　荊棘嶺にて悟能が力を努くすこと　木仙庵にて三蔵が詩を談ずること

一行は、いばらに掩われた荊棘嶺という山に行く手を阻まれる。八戒が、まぐわでいばらをかき分け、無事に通過する。その夜、三蔵は妖怪にさらわれ、山中にある石の家に連れていかれた。そこに現われたのが四人の老人。三蔵はかれらと仏の道を論じ、詩を吟ずる。やがて一人の仙女が現われて、三蔵に結婚を迫る。これを一喝し、拒否する三蔵。弟子たちが駆けつけると、四人の老人と女は、姿を消してしまった。悟空が調べてみると、かれらはその土地に生えている老木の精であり、仙女は杏の精であった。

第六十五～六十六回　小雷音寺の黄眉怪

第六十五回　妖邪が詐って小雷音を設けること　四衆のだれもが大厄難に遭うこと

一行は、小雷音寺という寺にさしかかる。妖怪の気配がするという悟空の忠告も聞かず、三蔵が山門に入ると、たちまち妖魔にさらわれてしまった。この寺は黄眉怪という妖怪が三蔵を捕らえるために設けた罠であった。

悟空も鐃鈸（シンバル状の楽器）に閉じこめられてしまう。天界の将兵たちの助けで、なんとか鐃鈸から脱した悟空だったが、妖魔が魔法の袋をひろげると、天兵たちは、みな包みこまれてしまった。困り果てた悟空は、北方真武君に相談すべく、南贍部洲の武当山に飛ぶ。

第六十六回　諸神が毒手に遭うこと　弥勒が妖魔を縛ること

真武君は、亀、蛇の二将軍と、五大神龍を遣わすが、いずれも魔法の袋に閉じこめられてしまう。悟空、こんどは南贍部洲の泗州にいる国師王菩薩に援軍を頼みに行く。菩薩は小張太子と四人の大将を派遣するが、いずれもまた袋に閉じこめられてしまう。万策尽きた悟空の前に弥勒菩薩が現われ、妖魔の正体が、弥勒菩薩のところの黄眉童児であることを告げる。二人は計略を使って童児を捕まえ、三蔵たちも救出される。

第六十七回　駝羅荘の巨大な蟒蛇

第六十七回　駝羅荘を救って禅性の穏やかなること
汚穢より脱して道心の清らかなること

駝羅荘の住民に頼まれて、悟空と八戒は、家畜や人を食うという怪物を退治しにゆく。怪物の正体は巨大な紅いうわばみであった。悟空はうわばみの腹のなかでひと暴れし、怪物退治に成功する。一行が先に進むと、そこは腐った柿が悪臭を放つ七絶山の稀柿衕。ここは八戒の出番ということで、村人は大量の食べ物を用意し、八戒に食べてもらう。八戒は巨大なブタに変じ、二日がかりで稀柿衕の汚物をかき分けて道を切り開き、「臭い手柄」をたてたのだった。

第六十八～七十一回　朱紫国の妖怪賽太歳

第六十八回　朱紫国で唐僧が前世を論ずること　孫行者が三折肱の療治を施すこと

一行は朱紫国に通りかかる。朱紫国の国王は長患いに臥せっていて、医者を探していた。そこで悟空は、王の病を治してやることを申し出るが、王の体に直接触れてはいけないという。

第六十九回　心主が夜間に薬物を修えること　君王が筵上に妖邪を論ずること

悟空が、懸糸診脈の法によって、国王に触れることなく遠隔で診断し、薬を調合してやったところ、ほどなく王は全快した。喜んだ王は一行をもてなすが、聞けば王の病気は、三年前に賽太歳という妖怪が皇后をさらっていったことが原因であるという。そんな話をしているところに妖怪がやってきた。

第七十回　妖魔の宝物が煙沙火を放つこと　悟空が計もて紫金鈴を盗むこと

やってきた妖怪は、賽太歳の手下であった。これを追い払った悟空は、この手下に化けて妖魔の住み処に忍びこむ。そこで、さらわれた皇后と接触し、協力して妖魔の宝物——炎や煙や黄砂を吹きだす鈴——を盗みだそうとしたのだが、あと一歩というところで失敗する。

第七十一回　行者が名を仮りて怪犼を退治すること
観音が像を現して妖王を調伏すること

悟空はふたたび皇后と協力して、妖魔の鈴を偽物とすり替えてから、再度妖魔に戦いを挑む。鈴を使おうとする妖魔だが、偽物なので効果がない。いっぽう、悟空がもっている本物の鈴は、業火を噴いて妖魔を苦しめる。そこに現われたのが観音菩薩。妖魔の正体が、菩薩が騎乗する狼であることを告げると、もとの姿にもどして連れ帰る。皇后も無事に王のもとに帰ってきた。

第七十二回　盤糸洞の蜘蛛妖怪

第七十二回　盤糸洞にて七情が本を迷わすこと　濯垢泉にて八戒が形を忘れること

　さて、三蔵は朱紫国の王に別れを告げ、馬のしたくをととのえると、西へと向かいます。いく嶺もの山を越え、いく筋もの川を渡っていくうちに、いつしか秋が去り、冬も過ぎ、またも春光うららかな季節となりました。

　師弟たちが草を踏み踏み景色を楽しんでいると、ふと一軒のいなか家が目に入りました。すると三蔵が馬からサッと跳びおりて道ばたにすっくと立ちました。それを見た悟空がたずねます。

「お師匠さま、この道は平らかで険しいところもありません。どうして先に進まないんです？」

すると八戒が、

「あにきもほんとにわかっちゃいないね。師匠は鞍の上ですわりっぱなしだったもんだから、へとへとなんだよ。馬からおりて、景色を見させてあげたっていいじゃねえか」

すると三蔵、

「景色を見たいわけではないぞ。むこうに家が見えたので、わたしがお斎をもらいにいこうと思ったまでだ」

悟空は笑って、

「なにをおっしゃるかと思えば！　お斎がほしいんなら、おれが行ってきますよ。ことわざにも言うでしょ。《いちにち師となれば、死ぬまで父親》ってね。弟子がのほほんとあぐらをかいていて、師匠に食べ物を探しにいかせる道理が、どこの世界にあります？」

三蔵、

「いやいや、そうではないのだ。いつもなら、あたりを見まわして、なにひとつ見えぬときでも、おまえたちが遠かろうと近かろうとお斎をもらいに行ってくれる。だがきょうは、呼べば答えるほど近くに人家が見える。そこでわたしが、ひとつお斎をもらってこようというわけだ」

八戒、

「お師匠さまもお考えなしだ。よく言うじゃありませんか。《三人で出かけたら下っ端が苦労》って。いわんやあなたは父親みたいなもんで、おれたちはみな弟子ですよ。むかしの本にも書いてありますぜ。《事あらば弟子その労に服す》ってね。ここはこの猪さまが行ってきましょう」

すると三蔵は、

「弟子たちよ、きょうは天気もいい。雨風の激しいときとはちがう。そんな日だったら、やっぱりおまえたちに遠くまで行ってもらわにゃならんが、あの家であれば、わたしが行こうじゃないか。お斎をもらえようがもらえまいが、すぐにもどってくるからな」

悟浄は、かたわらから笑いながら、

「八戒のあにき、よけいなことは言うなってことよ。師匠はこんなご気性だ。反対したところで聞き入れないよ。もしも怒らせちまったら、たとえあんたがお斎をもらってきたとしても、口に入れちゃくれないぜ」

言われて八戒、鉢を取り出し、三蔵の衣と帽子を換えてやりました。

三蔵は歩を進め、その家の前までやってきました。見ればなかなかすてきなところではありませんか。そのさまは――

〽高く懸かるは石の橋
枝葉の茂る古木あり
高く懸かるは石の橋　潺潺と　川の流れは大河に注ぐ
枝葉の茂る古木あり　聒聒と　遠き山辺に仙鳥は啼く
橋のかたわら
軒を連ねる茅葺の家　清雅な様は仙家の如く
蓬の茂れる窓辺あり　清く明るく道士の宿か

　窓から覗く四人の女
　どれもみな
　彩なす刺繍の針運び　えがくは鳳凰また鸞鳥

三蔵は、その家には男がおらず、四人の女だけだと知って、とてもなかに入っていく気になれません。じっと立ちすくんだまま、木々のしげみの下に身を隠しています。その女たちの様子はと見れば、それぞれが――

　女の気持ちは堅き石　婀娜なる姿は春の蘭
　可愛い頬を桃に染め　口唇あかく紅をさし
　眉に懸るは三日月か　雲なす鬢も新たにて
　お花畑にたたずめば　粗忽な蜂が羽やすめ

三蔵は、かたまったまま、半時ほども立ちつくしていましたが、あたりは

ひっそりとして、鶏(とり)や犬の鳴き声も聞こえません。そこで三蔵(さんぞう)、考えますには、

「わたしがお斎(とき)ももらうことができぬとあらば、弟子たちに笑われるであろう。師たるもの、お斎(とき)ももらえぬとあっては、弟子たるもの、どうして御仏(みほとけ)を拝することができようか？」

ほかに方法のない三蔵(さんぞう)、どうにも気は進まないのですが、橋を渡って歩みはじめました。数歩ばかり進むと、茅葺(かやぶき)の家の奥に、木香(もっこう)の四阿(あずまや)があるのが見えました。その四阿(あずまや)のかたわらには、さらに三人の女がいて、毬(まり)を蹴って遊んでいます。見ればその三人は、さきほど見えた四人ともまた趣(おもむき)がちがっています。そのさまたるや——

（中略）

毬蹴(まりけ)る女子は三月の　春らんまんの空の下
仙界よりの風おこり　白き美肌(はだえ)に吹き掛(かか)る

真白き頬に汗ながれ　露を湛えた花のよう
二筋の眉に塵かかり　霞を帯びたる柳の葉
翠の袖に垂れるのは　ほっそり白い葱の指
裙子の下に覗くのは　いとも可愛い金蓮か
幾たび蹴れば力尽き　嬝嬝として疲れ果て
雲なす鬢も崩れ落ち　髪の飾りも乱れ散る

三蔵はしばらくこれを眺めていましたが、思いきって橋を渡り、大声を出して言いました。

「女菩薩よ、貧僧、仏縁によってこちらにまいりました。少しばかりお斎をお恵みいただけないものでしょうか」

これを耳にした女たち、いずれもおおはしゃぎで、針と糸を投げだし、毬をほっぽりだして、ニコニコしながら門まで出てくると、

「長老さま、お出迎えもせず失礼いたしました。きょうはまた、このような

あばら屋にまでお越しいただきましたからには、こんな道ばたでお斎（とき）をさしあげるなんてできません。どうぞなかにお入りください」

聞いて三蔵（さんぞう）、ひそかに思いますには、

「善哉（よきかな）、善哉（よきかな）！　西方はまさしく仏の地。ご婦人でさえ托鉢の僧をおろそかにはしない。男であれば、なおのこと仏への信心が篤（あつ）いのだろうなあ」

三蔵（さんぞう）は前に進んであいさつをすると、女たちのあとについて、あばら屋の奥に入っていきました。木香（もっこう）の四阿（あずまや）をすぎてから、ふと見れば、おやおや？　なんとそこには建物らしいものはひとつもありません。それは——

（中略）

遠くから見りゃ洞窟で　蓬萊の島もあざむかん
近くから見りゃ山林で　太華の山もおよばない
まさしくこれは妖怪の　秘密の住処に相違なし
となり近所に家もなく　ぽつんと怪しい洞穴よ

ひとりの女が進みでると、石の扉を左右に押し開き、なかに三蔵を請じ入れました。三蔵もしかたなく入り、顔をあげて見わたせば、そこには石のテーブルに石の腰かけが並べられ、空気はひんやりと陰気な様子。驚いた三蔵、ひそかに思うには、

「どうやらここは、吉が少なく凶が多い。まずいことになったなあ」

女たちは、うれしそうにはしゃぎながら、

「長老さま、お掛けくださいませ」

三蔵(さんぞう)もしかたなく腰をおろしましたが、やがて寒さで体がふるえてきました。女たちがたずねます。

「長老さまは、どちらのお寺のかたですか？　なんのために勧進(かんじん)をしておられます？　橋を架け路(みち)を修繕するためですか？　それともお寺や塔を建立するためですか？　はたまた仏像を造りお経を印刷するためですか？　勧進帳をお見せいただけますか？」

「わたしは勧進の僧ではありません」

「勧進じゃなければ、こんなところにきて何をなさっているのですか？」

「わたしは東土(とうど)の大唐(だいとう)国から西天(さいてん)の大雷音寺(だいらいおんじ)に、経を求めるためにつかわされた者です。たまたまこちらを通りかかったところ、餓(う)えを覚えたものですから、こちらさまにお邪魔しました。一飯(いっぱん)をお恵みいただければ、すぐにもおいとまいたしますゆえ」

すると女たちは、

「すてき、すてき！　ことわざにも《遠くから来た和尚はお経が上手》って言いますしね。さあみんな、ぐずぐずしてないで、お斎の用意をするのよ！」

女たちのうち三人は、因果応報の話だのをして三蔵のおしゃべりの相手をし、あとの四人は厨房に入り、裾をからげ袖をまくって、かまどに火をおこしたり、鍋を洗ったりしはじめます。

みなさま、女たちが料理しているのはなんだと思いますか？　なんとまあ、人の油で炒めたり煉ったりしたものや、人の肉を煮たり焼いたりしたもの。人の油を真っ黒になるまで煮焦がして麵筋のようにしたものに、えぐり取った人の脳みそを賽の目切りの豆腐にしたてて炒めたものでした。それらを盛ったふたつの皿が運ばれてきて、石のテーブルの上に置かれると、

「どうぞ召し上がれ。急なことでしたので、ろくなお斎もご用意できませんでしたが、まずはこれでお腹を満たしてください。のちほどまた、べつの料理をおもちしますので」

三蔵がにおいをかいでみたところ、生臭いので、口にする気にはなれず、

身をかがめて合掌し、

「女菩薩（にょぼさつ）、貧僧は生まれてこのかた、精進ものしか口にしたことがございません」

女たちは笑って、

「長老さま、これは精進ものですのよ」

「南無阿弥陀仏（なむあみだぶつ）！　もし、こんな精進ものを、わたしども和尚が口にしようものなら、世尊（せそん）にまみえ経巻をいただくことなぞ、思いもよりません」

「長老さま、あなたは出家の身なんですから、お布施を出す者を選（よ）り好みしてはいけませんわ」

「いえいえ、どうして選り好みなんてできましょう。わたしは大唐（だいとう）の聖旨を奉じて、ひたすら西へ西へと進んできた者。生ける物はいささかも傷つけず、苦しんでいる者を見たら救います。まさに《米粒ひとつも拾って食べて、ボロキレつなげて身を覆う》です。どうして施主を選り好みなどしましょうか？」

女たちは笑って、

「長老さまは、人を選り好みしないとしても、人の家にまで上がりこんで喧嘩を売りにきたわけね。不味いのなんのとおっしゃらず、少しはお口に入れてちょうだい」

「ほんとうに食べることができないのです。戒律を破ってしまうことになります。《生き物を育てるは、生き物を放つに如かず》と申しますから、どうぞこの和尚を解き放ってください」

三蔵は女たちを振り払って出ようとしました。ところが女たちは門の前に立ちふさがり、どうしても返してはくれません。みんなして言うには、

「向こうから来た商売はこっちの儲けっていうわけよ。《おならをしてから手で隠す》なんて、もう遅いのよ。あなた、どこに逃げようっていうの？」

女たちは、それぞれ武芸に達者で、手足の動きも軽く、三蔵をつかまえるなり、そのまま羊でも引きずるようにして、地べたにどさりと投げ出しました。さらに、よってたかって押さえつけ、縄でぐるぐる巻きにしてしまうと、

梁の上から高だかと吊るしてしまったのでした。

三蔵が托鉢におもむいたのは、蜘蛛妖怪の七姉妹が住む盤糸洞であった。三蔵は、女妖怪たちによって捕らわれてしまう。様子を見にいった悟空は、相手が女と知って手を下そうとしない。「では拙者が」とホクホク顔の八戒は、妖怪たちが湯浴みをしているところに潜入して蹴散らすも、蜘蛛の糸にやられて、ふらふらになってしまう。妖怪たちは虫を使って悟空たちを苦しめるが、悟空は鷹を使って反撃する。

妖怪どもが三蔵を襲う理由として、その肉を食べればアンチエイジングに益があるということには、すでに触れた。ところが女妖怪の場合は、肉を食べることもさることながら、三蔵と結婚してその元陽（精液）を摂取することが、からだに良いらしい。そのためか、三蔵は女妖怪にもよく狙われる。

この回のエピソードもまた、三蔵が女妖怪に捕らえられ、弟子たちが助けにいくという、お定まりの形式を踏襲しているのだが、いささか奇妙なオープニングであることにお気づきだろうか。いつもなら弟子たちに頼ってばかりいる三蔵が、この時にかぎって、悟空らが引き留めるのも聞かず、みずから進んでお斎をもらいにいこうとするのである。そして、その先には、よりによって、三蔵がいちばん苦手とする、なまめかしい女たち——じつは女の蜘蛛妖怪——が待っていた。

つまり、いちばん苦手な女妖怪のもとに、みずから進んでのこのこと迷いこんでいく三蔵の滑稽が、この回の見どころなのである。

十六世紀末に書かれた『三宝太監西洋記通俗演義』(『西洋記』)という小説は、明代初期におこなわれた鄭和艦隊の西洋くだりを題材にした、荒唐無稽な小説だが、ここにも似たような趣向のエピソードが見られる。艦隊がどこかの国を通過する際には、スパイが派遣されて事前に偵察をおこなうことになっている。とある国を前にして、スパイの情報により、ここは女だけの国らしいとわかる(『西遊記』の西梁女人国と同趣向だ)。そうとわかったとたん、ふだんならみずから敵地に潜入することなどありえない艦隊の総指揮官である鄭和が、みずから進んで女装し、まわりが止めるのも聞かず、敵地に潜入しようとするのである。女だけの国に、宦官である鄭和が進んで接触しようとするというナンセンスが描かれ、予想を裏切らず、破天荒なストーリーが展開する。

《事あらば弟子その労に服す》は『論語』「為政」に見えることばである。

コラム　弟子たちの序列の謎

この回で八戒が口にする《三人で出かけたら下っ端が苦労》（原文「三人出外、小的児苦」）ということわざは、三人のうちいちばんの年下が労役を担うべきだとの意味なので、まるで八戒が沙悟浄に仕事を押し付けようとしているようだが、その直後で「この猪さまが行ってきましょう」と言っているので、そういうわけではないようだ。ならば、二番弟子の八戒が口にするのは、いささか違和感がある。

三蔵の弟子たちの序列は、いうまでもなく、孫悟空・猪八戒・沙悟浄の順である。ところがこれは、『西遊記』成立の歴史からすると、わりと新しい設定であったのかもしれない。
『朴通事諺解』に紹介されている元刊本『西遊記』のあらすじでは、弟子たちは孫・沙・猪の順に列挙されているのだ。ならば、八戒がもともと三番弟子であった可能性もある。また、『西遊記』物語の古層を反映していると考えられる『西遊記雑劇』でも、弟子入りの順序は、孫・沙・猪になっているし、世徳堂本『西遊記』より少しおくれて刊行された『西洋記』に見える『西遊記』物語のあらすじ紹介でも、弟子たちは「斉天大聖・淌来僧・朱八戒」と紹介されている。「淌来僧」とは沙悟浄のことだろう。

　たしかに『取経詩話』には、悟空や悟浄の前身とみなすべき存在はすでに出現しているが、八戒のようなキャラクターは、影も形も見えない。この第七十二回で八戒が《三人で出かけたら下っ端が苦労》という言い回しを使っているのは、八戒が三番弟子であったヴァージョンの名残りなのかもしれない。

第七十三回　黄花観の怪道士

第七十三回　情は旧恨に因りて災毒を生ずること　心主が魔に遭いて幸に光を破ること

さらに進むと、黄花観という道観が見えてきた。じつはこの道観の道士は、蜘蛛の女妖怪たちのあにきぶん。かたきを討ってくれとの懇願に、道士は一行をもてなすふりをして、三蔵、八戒、悟浄に毒入りの茶を飲ませる。ひとり悟空は脱するも、道士の千個の目から発する怪光線を浴びて痛いめにあう。そこに助けに入ったのが毘藍婆菩薩。菩薩の持参した解毒剤でみんなは息を吹き返し、妖怪道士を、いとも簡単に退治してしまった。道士の正体は巨大なムカデであった。

第七十四〜七十七回　獅駝洞の三魔王

第七十四回　長庚が魔王の狠さを報せること　行者が変化の術を駆使すること

通りかかったのは獅駝嶺にある洞窟、獅駝洞。天界の高官太白金星が、ここには人を食う三人の魔王が住んでいると教えてくれた。魔王の部下に化けて偵察に出た悟空は、妖兵たちから情報を聞き出し、獅駝洞のなかに潜入する。

第七十五回　心猿が陰陽の竅を鑽ち透すこと　魔王が大道の真に還帰すること

獅駝洞にもぐりこんだ悟空は、魔王たちをからかっているうちに思わず笑ってしまい、正体を見破られ、なんでも溶かしてしまう魔法の瓶に閉じこめられる。観音から授かった三本の毛（第十五回参照）を使って瓶に穴を開け、からくも脱出した悟空、こんどは八戒とともに攻めていくが、一番めの魔王にひと呑みにされてしまった。悟空は、その腹のなかでひと暴れ。魔王は悟空を腹から追いだそうとするが、悟空もしぶとく居座ろうとする。

第七十六回　心神が舎に居て魔は性に帰すること　木母が同に降し怪は真を体すること

腹から出てくれと魔王に懇願された悟空、心臓に紐を結びつけたまま出てみると、一斉に攻撃をされたので、紐を引っぱって痛めつける。魔王は許しを請い、三蔵たちの山越えを手伝うことを約束する。しかし、二番めの魔王はその約束を破って悟空に戦いを挑んでくるものの、悟空たちにやられてしまい、降参する。三番めの魔王は二人の魔王を説得し、山越えに協力するふりをして三蔵を捕らえることを提案する。

第七十七回　群魔が本性をあざむくこと　一体が真如を礼拝すること

一行は、三人の魔王の助けによって山越えを果たしたものの、かれらの裏切りでその手中に落ち、鉄の蒸籠で蒸かされることになった。ひとり脱出した悟空が如来に相談したところ、一番めの魔王は文殊菩薩が乗る青獅子、二番めの魔王は普賢菩薩が乗る白象、そして三番めの魔王は大鵬であることが判明する。如来の助けによって三人の魔王は降伏し、三蔵も助け出された。

第七十八～七十九回　比丘国の妖怪道士

第七十八回　比丘国にて子を憐れみ陰神を遣わすこと
金鑾殿にて魔を識りて道徳を談ずること

一行は比丘国を通りかかる。この国では、男の子たちが籠のなかに閉じこめられていた。国を牛耳っている道士が、国王の病をいやす不老長寿の薬のために、千百十一人の男の子の心肝を必要と

しているのだという。悟空は神々に指示して子供たちを隠してしまい、道士の正体が妖怪であることを見破るが、子供たちを隠された道士は、かわりに三蔵の心肝を煎じようとする。

第七十九回　洞を尋ねて魔を擒え老寿に逢うこと　朝に当って主を正し嬰児を救うこと

悟空は計略をもって国王の目を醒まさせ、道士を追う。そこに現われたのが天界の神である南極老人星。道士に化けた妖怪の正体は、南極老人星が乗る白い鹿であった。南極老人星は鹿を連れて帰っていった。悟空は隠した子供たちをもとにもどす。

第八十～八十三回　無底洞の女妖怪

第八十回　姹女が陽を育み配偶を求めること　心猿が主を護り妖邪を看破ること

とある松林にさしかかった一行の耳に、助けを求める女の声が聞こえてきた。見れば、ひとりの女が木に縛られているではないか。悟空はこれが妖怪であることを見抜くが、妖怪は、ことばたくみに三蔵を騙す。三蔵の意向で女を助けた一行は、鎮海禅林寺という寺に泊めてもらうことになった。

第八十一回　鎮海寺にて心猿が怪異を知ること　黒松林にて三衆が師匠を尋すこと

鎮海禅林寺の僧たちが訴えることには、寺には妖怪が住みついていて、僧たちを喰うのだという。妖怪退治を引き受けた悟空、さっそく妖怪と戦ったものの、逃げられたうえに三蔵までさらわれてしまった。妖怪は陥空山無底洞に住んでいて、ほかならぬ三蔵が助けた女であった。悟空、八戒、悟浄は、妖怪の住み処めざして飛んでいく。

第八十二回　姹女が陽を求めること　元神が道をまもること

三人が無底洞に着いてみると、そこでは女妖怪が、三蔵との婚礼の準備をしていた。悟空は、八戒と悟浄に見張りをさせ、ひとり蠅に変身して三蔵のそばまで飛んでいき、安否を確かめる。さらに計略を使って妖怪の腹のなかに入った悟空は、そこでひと暴れ。苦しむ女妖怪に命じて、三蔵を洞窟の外まで運ばせる。

第八十三回　心猿が丹頭を識り得ること　姹女が本性に還り帰ること

三蔵を助けだしたのはいいが、八戒と悟浄が油断をしているすきに、三蔵はまたしても女妖怪にさらわれてしまった。ふたたび洞窟に潜入し、妖怪が李天王の義理の娘であることをつきとめた悟空、このことを李天王父子に訴え、調べてもらったところ、妖怪の正体が、金鼻白毛のネズミの精、またの名を地湧夫人という者であることが判明する。地湧夫人は李天王ひきいる天兵によって捕らえられ、三蔵も無事に解放された。

第八十四回　滅法国の丸坊主大作戦

第八十四回　伽持は滅し難く大覚が円かなること　法王は正を成して天然を体すること

一行は滅法国に到着する。この国の王は、一万人の僧侶を殺すという願掛けをして、あと四人殺せば満願となるという。一行は商人に化けて入国し、宿で睡眠中にバレてはまずいことになると、長持のなかで寝ることにした。ところがそこに盗賊が押し入り、長持は外に盗み出されてしまった。城門を破り、官軍に追われた盗賊どもは、長持を棄てて逃走した。長持は宮中に運ばれ、翌日、国王の前で開けられることになった。悟空は長持から抜け出して百匹の分身を作ると、すべてに剃刀をもたせ、皇宮から役所まで、国王以外の者の頭をすべて丸坊主にしてしまった。

第八十五～八十六回　隠霧山の南山大王

第八十五回　心猿が木母に嫉妬を覚えること　魔主が禅主を呑まんと計ること

国王は深く反省し、三蔵を師とあおぎ、国名も欽法国とあらためた。さらに一行は先に進むが、隠霧山で魔王の襲撃にあい、三蔵は捕まってしまう。

第八十六回　木母が助勢して怪物を征伐すること　金公が法を施し妖邪を退治すること

魔王の名は南山大王といった。大王の洞窟に攻めこんだ悟空たちに対し、大王は、三蔵はもう食べてしまったとウソを言う。弟子たちが敵討ちとばかりに洞窟に攻めこむと、その奥で、まだ生きている三蔵を発見する。悟空は眠り虫を使って妖怪どもを眠らせ、魔王をやっつけるが、その正体は豹であった。

第五部　天竺は、すぐそこだ

第八十七回　鳳仙郡の謎の旱魃

第八十七回　鳳仙郡にて天を冒し雨を止めること　孫大聖が善を勧めて霖雨を施すこと

天竺との国境のまち鳳仙郡にさしかかった一行。そこでは旱魃が三年もつづいていたので、悟空は雨乞いの役をかってでる。龍王や太守から事情を聞いた結果、三年前、太守が夫婦げんかのあげく、天を祭るための供物をひっくり返してしまい、それを犬に食わせたため、玉帝が怒って雨を降らせないようにしたという経緯が判明した。深く反省した太守は、篤く仏を拝し天を敬うことを誓う。玉帝もこれを許し、鳳仙郡には三年ぶりの雨が降った。

第八十八～九十回　神獣軍団との戦い

第八十八回　禅主(ぜんしゅ)が玉華(ぎょくか)に到(いた)り法会(ほうえ)を施(いとな)むこと　心猿木母(しんえんもくぼ)が門人(もんじん)に術(じゅつ)を授(さず)けること

天竺(てんじく)国の玉華(ぎょくか)州。この土地の王子三人は、悟空(ごくう)、八戒(はっかい)、悟浄(ごじょう)の武芸に心酔し、弟子となる。そこで王子たちが用いる武器を造るべく、悟空(ごくう)ら三人の武器――如意棒(にょいぼう)・九歯(きゅうし)のまぐわ・降妖(こうよう)の杖――を王府の工房にあずけて複製してもらうことにした。これを知った豹頭山虎口洞(ひょうとうざんここうどう)の魔王は、三つの武器をひそかに盗んでしまう。

第八十九回　黄獅精(こうしせい)が虚(むな)しく釘鈀宴(ていはえん)を設(もう)けること　金木土(きんもくど)が計(けい)もて豹頭山(ひょうとうざん)を鬧(さわ)がすこと

武器が盗まれたことに気づいた悟空(ごくう)は、豹頭山虎口洞(ひょうとうざんここうどう)におもむき、探りを入れてみる。おりしも魔王は、武器を手に入れたことを祝ってパーティの準備中。

その正体は金毛の獅子だった。悟空ら三人は魔王の子分に化けて潜入し、おのおのの武器を取り返すと、洞窟を焼き払って凱旋する。ひとり逃げのびた魔王は、祖父である九霊元聖のもとに逃げこみ、助けを乞う。九霊元聖は、獅子や神獣の妖魔たちとともに、武器を手にして玉華州に進軍する。

第九十回　師と獅は授受して同に一に帰すること　道を盗み禅に纏りて九霊を鎮めること

悟空たちは九霊元聖の軍団と激戦を展開するが、なかなか勝負はつかず、ついには王父子とともに捕まってしまい、ひとり悟空だけが脱出する。土地神からの情報で、九霊元聖の正体が太乙救苦天尊の獅子であることを知った悟空は、天尊のもとに飛んでいき、事情を説明する。天尊が調べてみたところ、獅子は、獅子飼いが酒に酔っている隙に逃げ出したらしい。天尊は地上におりて九霊元聖の正体をあばき、これを連れ帰る。王子たちの武器も無事に完成し、悟空たちはそれぞれ武芸を伝授した。

第九十一～九十二回　玄英洞の犀妖怪

第九十一回　金平府にて元宵の灯籠を観ずること　玄英洞にて唐僧が詰問に答えること

　ここは天竺国の金平府。おりしも一月十五日の元宵の祭にあたり、一行は灯籠見物に出かけた。人びとは、元宵になれば仏さまが現われて高級な油をもっていかれると信じている。その夜も現われた「仏さま」は、なんと

三蔵をさらって消えうせた。「仏さま」の正体は、青龍山の玄英洞に住む三匹の犀の妖怪——辟寒大王、辟暑大王、辟塵大王であった。

第九十二回　三僧が青龍山にて大いに戦うこと　四星が犀牛怪を挟撃ちにすること

悟空は三蔵の救出を試みたが、失敗する。ふたたび八戒、悟浄をともなって攻め入るが、八戒と悟浄は敵に捕らえられてしまう。やむなく天界に飛んだ悟空は、太白金星のアドバイスに従い、四木禽星をはじめとする星官たちとともに下界に降り、ふたたび玄英洞を総攻撃。犀の妖怪どもを退治し、三蔵たちを助け出したのだった。

第九十三〜九十五回　天竺国の偽物公主

第九十三回　給孤園にて古を問い因果を談ること　天竺国にて王に朝し伴侶に遇うこと

一行は布金禅寺に宿を借りるが、その夜、悲しげな女の泣き声を耳にする。住職によれば、一年前に風に飛ばされてきた天竺国王の公主（王女）が、父母を思って泣いているのだという。ところが公主は、いまも変わらずみやこに健在であるとのこと。住職は、なんとかこの娘を助けてやりたいと三蔵たちに相談する。翌日、一行が天竺国のみやこに入ると、毬を投げて当たった者を公主の婿にするという儀式がおこなわれていた。毬は三蔵に命中し、国王は三蔵に、婿となることを求める。

第九十四回　四僧が御花の園にて宴し楽しむこと　一怪が空しく情欲の喜びを懐くこと

国王はさっそく婚礼の準備を進める。これは三蔵と夫婦になり、その真気を吸いとって仙人になろうという、公主に化けた妖怪の周到な計画であった。妖怪は邪魔な弟子たちを追いだそうとするが、悟空は蜜蜂に化けて三蔵を守る。

第九十五回　仮りに真形に合し玉兎を擒えること　真陰が正に帰して霊元に会すること

いよいよ婚礼が始まり公主が現われると、悟空はそれが妖怪であることを見破り襲いかかる。公主も迎え撃つが、かなわぬと見るや逃げ出してしまう。追撃する悟空の前に、月の世界から太陰星君が現われた。聞けば、妖怪の正体は月で仙薬を搗く玉兎とのこと。本物の公主は、もと月の仙女蘇娥であったが、むかし玉兎を打ったことがあり、今回の事件は、玉兎が恨みを晴らさんとしたことであった。太陰星君は玉兎を連れ帰り、本物の公主は国王のもとにもどる。

第九十六～九十七回　寇員外の災難

第九十六回　寇員外が喜んで高僧を待すこと　唐長老が富貴をむさぼらぬこと

一行は、銅台府の地霊県で、土地の有力者である寇員外のもてなしを受ける。員外は三蔵たちに長く逗留してもらおうとするが、三蔵を引き留めることはかなわず、泣く泣く一行を見送るのだった。

第九十七回　金が外護に酬いて魔毒に遭うこと　聖が幽魂を顕わし本原を救うこと

三蔵たちが去ったのち、寇員外の家に盗賊が押し入り、員外は殺されてしまった。賊どもはさらに三蔵たちを襲おうとするが、悟空によって蹴散らされ、盗品をのこして逃げてしまう。三蔵は、盗品を員外の家に返してやろうとするが、逆に犯人とまちがえられ、官兵に捕らえられてしまう。悟空は東奔西走して濡れ衣を晴らし、寇員外も生き返らせてやった。

第九十八回　雷音寺に到る

第九十八回　猿は熟し馬は馴れ、方に殻を脱すること
功は成り行は満ち、如来にまみえること

　長い旅を経て、ついに霊山の雷音寺までやってきた。師弟四人は、大雄宝殿の前まで来ると、如来に向かってひれ伏し、礼拝しました。それが終わると、こんどは左右に並んだ諸仏に向かって礼拝しました。さらにそれぞれ三めぐりの礼拝をし、ふたたび如来に向かってひざまずき、通行手形を奉りました。如来はひとつひとつ目を通すと、三蔵に返します。三蔵は平伏したまま、うやうやしく言上いたします。

「弟子の玄奘、東土大唐国皇帝の旨意を奉じて、はるか宝山に詣でましたの

は、拝して真経を求め、もって衆生を済度せんがためにございます。願わくは仏祖には、お慈恩をたれさせたまい、とくとく、帰国せしめられんことを」

すると如来は、はじめて憐憫の口を開き、おおいに慈悲の心を発して、三蔵に向かってこう申されたのでした。

「おまえの国なる東土は、南贍部洲である。天は高く地は厚く、物は豊かにして人も多いが、貪り、殺し、淫し、誑かし、欺き、詐ること、はなはだ多い。ために、仏の教えを信ぜず、善き縁を求めず、日月星の三光を敬わず、五穀を重んぜず、不忠不孝にして、不義不仁、良心にそむき、己をごまかし、

騙して利をせしめ、殺生をおこなう者は、無辺の孽をなし、罪悪は世に満ちあふれ、はては地獄の災厄をまねくことになった。それゆえ永遠に幽冥界に堕ちることとなり、何度も臼で搗かれる苦しみを味わったすえ、畜生におとしめられるのだ。そうして、毛皮におおわれ頭に角の生えたあさましい姿となり、その身をもって債を還し、その肉をもって人を養わねばならず、阿鼻地獄に堕ちた者が永遠に浮かばれぬのは、いずれもそのためである。

かの地にては孔子が生まれ出て、仁義礼智の教えを立て、歴代の帝王は、治めるために徒、流、絞、斬の刑罰をもってしたが、その愚昧不明にして放縦無忌のやからは、なんとしたものか！　いま、わが手もとにある経三蔵は、苦悩を超脱し、災厄を取り除くことができる。三蔵とは、天を談ずる法一蔵、地を説く論一蔵、鬼を済度する経一蔵のことであり、全部で三十五部、一万五千一百四十四巻から成る。まことこれ修真の経にして、正善の門である。およそ天下四大部洲における天文、地理、人物、鳥獣、花木、器用、人事に関して、載せていないものはない。なんじらは遠方よりはるばる来たりし者なれば、そのすべてを授けてもち帰らせたいとは思うが、かの地の者は愚昧にして横暴、真言を貶し謗るであろうから、わが沙門の奥義を会得することはかなうまい」

そこで阿難と迦葉を呼びつけると、こう言いつけられました。

「なんじら二人は、この四人を珍楼のたもとに案内して、まずは斎を食させて、もてなすがよい。斎を終えたなら、宝閣を開いて、わが三蔵の経、三十五部のうちより、おのおの何巻かを選んで彼らに与えよ。それらを東土に伝えさせ、永くわが洪恩をとどめさせるのだ」

二人の尊者は、如来の仰せを受けて、師弟四人を楼閣のたもとに連れていきました。そこには、数えきれないほどの珍宝のかずかずが並んでいて、とても見尽くせないほどでした。また、見れば接待係の神がみが、精進料理の宴席を設けています。並べられているものは、いずれもみな仙品、仙肴、仙茶、仙果の珍味ばかりで、俗世のものとはまったく異なっていました。師弟四人は仏恩に拝謝して、心ゆくまでごちそうにあずかったのでした。

（中略）

このときは、八戒も幸運をあじわい、悟浄もいい目にあったわけです。如来が手配した、口にすれば不老長寿となり、身も心も一新されるようなごちそうを、心ゆくまで味わったのですから。

ふたりの尊者は、食事を終えた師弟四人を宝閣にともない、扉を開けて楼閣に登ります。目をやればそこは――

霞光と瑞気は千重にたち籠め
彩霧と祥雲は万道を広く遮る

といった様子。経櫃や宝篋には、いずれも紅い題簽が貼られていて、その経巻の名が楷書で記されていました。

（中略）

阿難と迦葉は、三蔵を案内して、お経の名前をひととおり見せてから、こう言いました。

「聖僧は東土からこの地に来られたわけだが、わしらには、どんな贈り物を用意してあるのかね？　さっさとお出しなさい。頂戴するものを頂戴したら、お経をさしあげましょう」

これを聞いた三蔵、

「弟子たる玄奘、遠方の地よりはるばる参りましたゆえ、なにも用意してはおりません」

これを聞いて、ふたりの尊者は笑いだし、

「はい、はい、はい。手ぶらでいらしたかたに経を渡していたら、わしらの子孫は餓死してしまいましょうなあ」

ふたりが、なんだかんだ言ってお経をよこそうとしないので、悟空はとうとう堪忍袋の緒が切れ、大声あげてわめくには、

「お師匠さま、如来のところに行って訴えましょう。如来の手からこの孫さまに直接お経を渡してもらうんです！」

すると阿難は、

「だまれだまれ！　ここをどこだと思っておる！　あいも変わらぬ無礼者が、

難癖つけて人を困らせおって！　こっちに来て経を受けとるがいい」
八戒と悟浄は怒りをおさえ、悟空をなだめてから尊者のほうに行き、一巻ずつ包みに収めてから馬の背に載せました。また、ふたつの荷にまとめたものを、八戒と悟浄がかつぎ、宝座の前で叩頭して如来に拝謝すると、そのまま門を出ました。仏に会えば重ねて礼拝し、菩薩に会えば重ねて礼拝し、こうして表門まで出てきました。さらに比丘僧に比丘尼、優婆夷に優婆塞と、すれちがうたびに礼拝して、お別れを告げながら、山を下りて、帰路をいそいだことはそれまでとしましょう。

こうしてお経も手に入れ、大唐国への帰路についた一行は、いきなり狂風に襲われ、天から伸びた手が経の包みをもち去ろうとする。悟空がこれを追い払ったが、経の包みはバラバラに散乱してしまう。みんなでこれを拾い集めたが、ふと気がつくと、経はすべて白紙で、文字など一字も書かれていない。そのことを知った三蔵は涙を流す。

三蔵は嘆き悲しんで、

「わが東土には、やはり福分がなかったのか。こんな、字が書かれていない、からっぽの経などもち帰ったところで、なんの役にたつというのだ？　どうして唐王にまみえることができよう？　君主を欺いた罪は、万死に値しよう！」

悟空は早くも事情をさとり、三蔵に言うには、

「お師匠さま、ブツブツ言ったところでしかたありません。これは、阿難と迦葉のやつらが、わたしたちに贈り物を要求したものの、なにも得られなかったので、こんな白紙の経巻を渡したってわけです。すぐにもどって、如来の前で、やつらが賄賂をもとめてきた罪を訴えてやりましょう！」

八戒もわめいて、

「そうだ、そうだ！　あいつら訴えてやれ！」

こうして四人は霊山にとって返し、あわただしく雷音寺にまいもどったの

でした。

やがて山門の外に到着すると、寺のみんなは拱手して迎え、笑いながら、

「聖僧どの、お経を取りかえにいらっしゃいましたね？」

三蔵はうなずいてお礼を述べます。金剛たちも止めることなく、なかに通してくれましたので、そのまま大雄宝殿までやってきました。そこで悟空が大声でどなります。

「如来さんよ！　われら師弟は、何千何万の艱難辛苦を乗りこえて、はるか東土からこの土地まで拝みに来たんです。如来さんのおかげでお経を分けていただくことになったのはよろしいんですがね。あの阿難と迦葉のやつら、われわれに賄賂を要求して、それが手に入らなかったもんだから、ふたりしてつるんで、わざと字の書いていない白紙の冊子をよこしたんですぜ。そんなものもって帰ったところで、どうしろっていうんです？　如来さんよ、どうか、じきじきにお裁きくだされ！」

するとと如来は、笑みをたたえながら、

「まあ、そうわめきたてるでない。あのふたりが、なんじらに物品を要求したことは、わしもすでに承知しておる。だがな、経というものは、軽々しく伝えてはならぬのだ。それに、手ぶらで手に入れられるものでもないのだぞ。いつぞや、比丘僧たちが山を下り、舎衛国の趙長者の家で、この経をひととおり読んでやり、家内安全と先祖の解脱を保証してやったというのに、布施は、たった三斗三升ばかりの麦粒と、わずかばかりの黄金だけであった。わしはその時も、かれらに言ってやったものだ。おまえたち、それでは経を読んでやった代金としては安すぎるであろう。のちのち子や孫が使う金銭もなくなるではないか、とな。いま、なんじらが手ぶらで経をよこせというものだから、白紙の経巻を与えたまでだ。白紙の経というのは、すなわち無字の真経であり、これでもそこそこ値打ちがあるのだぞ。なんじら東土の衆生は、愚昧にして悟らぬであろうから、これを渡しておけば、それでいいというものだが……」

そこで阿難と迦葉を呼び、

「いますぐ有字の真経を、部ごとにそれぞれ何巻か選んでやり、この者たちに授けるがよい。のちほど巻数を報告しておくれ」

ふたりの尊者は、ふたたび師弟四人を連れて珍宝閣のもとに案内したのでしたが、またしても三蔵に袖の下をねだってきました。三蔵にも、差し出すものはなにもありません。そこで沙悟浄に言って紫金の鉢を出させると、両手でこれを捧げもち、

「弟子は、まこと食うや食わずの貧乏な長旅をつづけてきたものですから、お納めいただく品など用意しておりません。この鉢は、唐王より道中の托鉢にと、じきじきに賜わったものです。いまこれを差しあげますゆえ、わずかばかりの気持ちとして尊者どのにはお納めくださいませ。帰朝して唐王に奏上したあかつきには、定めて厚い謝礼もあろうかと存じますゆえ、なにとぞ有字の真経をお授けくださいますよう。唐王がそれがしを派遣された意志と、遠方より山河を跋渉して参じましたことを、ゆめゆめ無にされませぬよう、お願い申しあげます」

阿難は鉢を受け取ると、ただニヤニヤと顔をほころばせるばかり。珍宝閣を管理する力士や厨房をあずかる調理人、それに宝閣を守衛する尊者たちは、たがいに顔をさすったり、背中をたたいたり、指をはじいたり、口をひんまげたりして、だれもがせせら笑いながら、こう言うのでした。

「恥知らず！　恥知らず！　お経を授けるのに賄賂をせびるなんて！」

聞いて阿難は、たちまち顔を恥ずかしさでしわだらけにしましたが、鉢だけはしっかりかかえこんで放そうとしません。迦葉のほうは、しぶしぶ宝閣に入ると、ひとつひとつ経巻を点検しながら三蔵に渡しました。そこで三蔵はきっぱりと、

「弟子たちよ！　おまえたちみんな、よくよく調べるのだぞ。前みたいなことがないようにな！」

三人の弟子は、一巻また一巻と、受け取るごとに点検します。今回は、すべてが有字の経巻でした。こうして、ぜんぶで五千と四十八巻の経巻が渡されたのですが、これは一蔵の数に相当するものでした。これらをしっかり荷

造りしたものを馬の背に載せ、のこったものは、さらに荷物ひとつに作りなしました。この荷は八戒がかつぐこととし、旅の荷物は悟浄がかつぎました。悟空は馬を引きます。錫杖を手にした三蔵法師は毘盧帽をかぶりなおし、錦の袈裟のほこりを払うと、こんどはうれしさいっぱいで、仏祖如来の前にやってきました。

有字の経典を授けられた一行は、八大金剛の護衛のもと、雲に乗り、長安に向かって飛んでいく。

一行は長く苦しい旅を経て、とうとう天竺に到着した。あとは、ありがたいお経をさずけてもらい、めでたしめでたし!……とは、いかなかったらしい。
そもそもこの『西遊記』というお話、如来が「真経を取りに来させよ」と言ったのをきっかけに、観音が三蔵と弟子たちによる取経のパーティをキャスティングしたのだったが、艱難辛苦を経て、やっとのことで天竺まで来てみると、なんとその真経とやらは、ただでは渡せないものらしいのである。
経を授ける条件として、阿難と迦葉が要求した「贈り物」は、原文では「人事」と書かれている。「人事」とは、「賄賂、心付け、袖の下」といった意味あいの「贈り物」のことだ。もとより超貧乏旅行だったので、もち合わせもなく、「贈賄」を拒んだ一行に授けられたのは、なんと無字の経であった。そして二度目には、唐太宗から頂戴した紫金の鉢を渡すことで、やっと有字の経を授けられることになる。

すでに説明したが、阿難と迦葉は釈迦の二大弟子で、「尊者」の呼称をもつ有徳の僧である。第七回では、天界で開催された悟空討伐の成功を祝賀する宴会（安天会）にも、贈り物の引き取り係として登場していた。そんな二人に加えて、賄賂要求を当然のこととしてかばう如来も含め、ここでは、宗教界における崇高なる者たちに対する「格下げ」がおこなわれている。「宴会と賄賂」なくしては、はなしが一歩も先に進まないという、現代でもほぼ変わらないような組織社会への揶揄とも読めようか。

また、雷音寺の力士、調理人、一部の尊者たちは、「恥知らず、恥知らず！　取経の人から賄賂をせびるなんて！」と、阿難と迦葉の二人を嘲笑してもいる。ここで訳出はしていないが、このあとに置かれている詩では、お経のありがたさを謳いつつも、

「笑うべし、阿難が銭を愛するなんて」とあり、阿難たちに対する非難も含んでいる。このあたりは、読者の感覚を代弁しているのであろうか。かつて八戒が、いみじくもその口から「和尚は色餓鬼」と吐いてしまったのと、「財と色」という意味で、これは好一対を成しているとも言えよう。敬虔な仏徒がインドにお経を取りにいくという、一見、仏教礼讃にも見えるテーマを掲げている『西遊記』は、じつは真逆のメッセージを強烈に発しているとも読める。

第九十九回　最後の一難

第九十九回　九九の数は完して魔は剗ぼし尽くすこと
三三の行は満ちて道は根に回帰すること

一行を見送った観音菩薩、三蔵たちが経た苦難を数え上げたところ、全部で八十一難あるべきところ、まだ一難が足りないというので、通天河の上空で墜落させた。以前も河を渡してもらった老亀に乗せてもらったものの（第四十九回参照）、三蔵が亀との約束を忘れていたため、河のなかにほうりだされてしまう。なんとか対岸にたどり着き、濡れたお経を乾かした一行は、陳家荘の人々の歓迎を受けたあと、ふたたび八大金剛とともに東土めざして飛ぶ。

第百回　大団円

第百回　径(ただち)に東土(とうど)に回(かえ)ること　五聖(ごせい)が真(しん)と成(な)ること

　長く苦しい旅を終え、弟子たちとともに長安(ちょうあん)にもどってきた三蔵(さんぞう)は、太宗(たいそう)皇帝にまみえると、まずは弟子たちを紹介し、お経を渡してから、これをすみやかに中国語に翻訳するようお願いした。太宗(たいそう)は、学者たちを集め

て翻訳と写経の作業を進めることを約束する。長安での歓迎の宴会ののち、三蔵たち一行は、ふたたび天竺の霊山にまいもどり、如来菩薩にまみえるのだった。

さて、八大金剛は香風を走らせ、三蔵ら四人の師弟、そして馬を含めた五人を引き寄せると、ふたたび霊山にまいもどりました。往復は八日のうちに成し遂げられたのでした。この時、霊山の諸神は、みなみな如来の前に出でて、その説法に耳をかたむけていました。八大金剛は、師弟一行を案内してくると、如来に報告いたします。

「弟子、さきに金旨を奉じ、聖僧らを守り送って大唐国までおもむき、すでに経をとどけてまいりましたこと、ご報告もうしあげます」

そうして三蔵たちを如来の前に進ませると、天界での職を受けさせることにしました。

如来、

「聖僧よ。なんじは前世において、わが第二の弟子であり、名を金蟬子といった。しかるに、なんじは説法を聞かず、わが大いなる教えを軽んじ侮ったがために、その真霊をおとしめて、東土に転生させたのであった。いま、喜ばしきことに仏教に帰依し、わが加持を受け、さらにわが教えに乗じて真経を求めた功果はまことに大きい。よって正果を認めて大職に昇らせ、なんじを《旃檀功徳仏》となすであろう。

孫悟空よ。なんじは大いに天宮を鬧がせた罪により、このわしが、深甚なる法力をもって五行山のふもとに押さえつけたが、さいわいにして天災は満ちて仏教に帰依することとなった。さらに喜ばしきことに、なんじは悪を抑えて善を揚げ、道中において魔物を退治し妖怪を降すのに功績あり、終始をまっとうした。よって正果を認めて大職に昇らせ、なんじを《闘戦勝仏》となすであろう。

猪悟能よ。なんじはもと天河の水神、天蓬元帥であったが、蟠桃会の席上にて酒に酔い、仙娥にたわむれたために、おとしめて下界に投胎させ、その身は畜類のごとくなった。なんじはさいわいにして人身を忘れることなく、福陵山の雲桟洞にて悪業をはたらいていたものの、喜ばしくも大いなる教えに帰依してわが沙門に入り、道中は聖僧を守った。だが、愚かな心は捨てきれず、色に迷うこともあった。しかしながら、荷をかつぐに功あり、正果を認めて大職に昇らせ、なんじを《浄壇使者》となすであろう」

これを聞いた八戒、大声でわめき、

「師匠もあにきもみんな仏になったのに、どうしておれは浄壇使者なんかにするんです？」

如来、

「なんじは、口だけはたっしゃだが、からだはなまけ者。食い気と胃袋はバカでかい。よいか、天下四大部洲には、わが教えを奉ずる者がごまんとおる。もろもろの仏事がおこなわれたら、なんじに仏壇を浄めさせることになるから、そのおこぼれにありつけるという職だ。いったいどこが気に入らんのだ？

沙悟浄よ。なんじはもと捲簾大将であったが、かつて蟠桃会の席上で玻璃の杯をこわしてしまったため、下界におとしめたのであった。なんじは流沙河に落ちて、生き物を傷つけ人を喰らって罪業を重ねていたが、さいわいにも、わが教えに帰依し、誠意をもって加持を敬い、聖僧を守護し、山に登り馬を牽くなどの功績があった。よって正果を認めて大職に昇らせ、なんじを《金身羅漢》となすであろう」

如来はまた白馬を呼びつけて、

「なんじはもと西洋大海広晋龍王の息子であったが、父の命にそむき、不孝の罪を犯した。さいわいにして仏法を奉じ、わが沙門に帰依した。毎日、聖僧を背に乗せて西天に到り、また聖経を背に載せて東土に帰ったのも、すべてなんじの力であり、これまた功績ある者である。よって正果を認めて職に昇らせ、なんじを《八部天龍》となすであろう」

三蔵ら師弟四人、ともに叩頭して恩に謝し、白馬もまた恩に謝したのでした。そこで如来は掲諦に命じ、馬を引いて霊山の背後の崖にある化龍池のほとりに連れていかせ、馬を池のなかに突き落とさせました。馬はくるりと身をひるがえすと、毛皮がつるりと脱げ、頭から角が伸び、全身くまなく金色の鱗が生じて、顎の下からは銀色の鬚が生えてきたではありませんか。体はまるごと瑞気に包まれ、四肢の爪で祥雲をしっかと踏み、化龍池から飛び出すと、山門の内に立てられた天を擎える華表柱に巻きついたのでした。諸仏はみな、如来のすばらしい法力に賛嘆の声をあげました。

悟空はまた、三蔵に向かって言いました。

「お師匠さま、もうわたしも仏になったんですから、あなたとおんなじですよ。なのに頭に金の輪っかをはめているのは、まずいんじゃないですかね？　あなたまさか、また箍を緊める呪文とやらをとなえて、わたしに無理強いをせまるおつもりですか？　はやいとこ箍を鬆める呪文をとなえて、こいつをはずしていただき、こなごなに打ち砕いてもらいたいもんです。あの、なんとか菩薩が、またぞろだれかをいじめたりしないようにね」

三蔵、

「あのころは、おまえにさんざん手を焼いたものだから、これで言うことをきかせたのだよ。いまはもう仏になったのだから、取り去るのはもちろん、おまえの頭の上にはめておく必要などないさ。ほら、さわってごらん」

　悟空(ごくう)が手を上げて頭をさわってみると、なるほど輪っかはなくなっているではありませんか。こうして、栴檀仏(せんだんぶつ)も、闘戦仏(とうせんぶつ)も、浄壇使者(じょうだんししゃ)も、金身羅漢(こんじんらかん)も、みな正果を得てあるべき姿にもどり、天龍の馬もまた、まことの姿にもどったのでした。

　この長い小説も、いよいよ「大団円」。取経の一行が天竺(てんじく)に到着し、ひともんちゃくあったものの、なんとかお経も頂戴(ちょうだい)して大団円、と思っていたかたもおられるかもしれないが、そうは問屋(とんや)がおろさない。さらにつづきがあるのだ。

　まず、お経を大唐(だいとう)国にとどけなければならない。この帰路においても、ちょっとしたトラブルが生じる。その理由がふるっていて、かれらは九九(くく)・八十一の苦難を体験しなければならないらしいのだが、観音(かんのん)が数えてみたところ、まだひとつ足りないというので、その一難を、ご丁寧にも観音みずからがサービスしてやるのだ。阿難と迦葉の賄賂要求の一件は、一難としてじゅうぶん成立すると素人目には見えるのだが、教団内部の問題は、一難には数えないらしい。

こうして仏典を東土にもたらし、唐太宗にその翻訳を託した一行だが、最後には、ふたたび天竺にもどらねばならない。取経という苦難を経て、高位の存在となった一行は、如来から、それぞれ天界での役職を授けられるのである。三蔵は《旃檀功徳仏》、悟空は《闘戦勝仏》、八戒は《浄壇使者》、悟浄は《金身羅漢》、そして西海龍王の太子（白馬）は《八部天龍》。さあ、これでやっと、めでたしめでたし。……ともいかず、ここでまた「ちょいと待った！」が入るのだ。しかも猪八戒の口から。

如来から役職を申し渡された八戒は、つぎのような苦言を呈する。——「師匠もあにきもみんな仏になったのに、どうしておれは浄壇使者なんかにするんです？」

なるほど、三蔵と悟空の役職には「仏」の一字が入っている。ところが八戒以下、悟浄と白馬にはそれがない。そこで如来は、次のような理屈で八戒の申し出を却下する。すなわち、八戒の食欲はひと一倍である。世界には仏の教えを奉ずる者がたくさんいるから、法事の際には仏殿の上に大量の供物がならべられる。その仏壇を浄める、すなわち供物を食いつくすことが《浄壇使者》の仕事だ。どうだ、おまえも満足であろう、と。

八戒は、このような如来の理屈に対して、納得した様子もなければ、反論もしない。なんの反応も示さない。このとき八戒は、何を考えたのだろう？　かれははたして納得したのだろうか？　じつは八戒は、任務の完遂が近くなるにつれて、「おれだって仏になりたいんだ」とはっきり口にしながら、そこそこまじめに仕事をこなしているのである。そしていまひとつのヒントが第九十九回に配置されている。帰路、一難不足ということで通天河(つうてんが)上空で墜落させられた一行は、陳家荘(ちんかそう)で歓迎されるが、そのうたげでは、八戒の食欲は明らかに減退していたのである。みんなはすでに高位の存在になったために、そのような煩悩は薄れていた。もともと凡胎(ぼんたい)であり、通常の食欲をもっていた三蔵も、そこでは俗世の食べ物に対し、まったく食欲を覚えないのである。そうなると、すでに食欲のない八戒に、「いったいどこが気に入らんのだ？」とたずねる如来は、相当のペテン師ということになるだろう。

このような結末は、小説だからこそ許されたのかもしれない。だが、演劇の世界では改編が求められたようだ。清(しん)代の宮廷で作られた、『西遊記』演劇の脚本『昇平宝(しょうへいほう)

筏』では、八戒は如来からの説明を聞いて、「食う楽しみがあるなんて、こいつはステキだ！」と言っている。ずっと下って、一九八六年に作られたテレビドラマの『西遊記』もまた、八戒に次のひとことを言わせることで、この大河ドラマを大団円に導いている。すなわち――「なんだ、そいつはいい役職じゃないか。仏さんも、おいらのことを、ちゃあんと考えていてくれたんだね！」

二〇一〇年に新たに作られたテレビドラマ『西遊記』でも、八戒は不満を漏らすどころか、如来の説明に大満足し、長々とお礼を述べる場面が加えられている。

これらは、演劇というものの性格上、どうしても必要であった処置であろうと考えられる。お芝居では、最終回において、八戒をめぐるモヤモヤや、かれの挫折を残したままにすることは好ましくないと判断されたのだろう。如来の説明に満足したという趣旨のひとことを八戒の口から言わせることで、このモヤモヤを解消させたのである。

かくして――八戒は、そのおしゃべりな口を封じられたのであった。

あとがき

中国の明清（みんしん）時代に書かれた長篇小説の代表作は、日本人でもタイトルくらいは知っているものばかりだが、とにかく長い。邦訳にしても、全訳を読破するとしたら相応の体力が求められるだろう。それらの作品は、ストーリーを言ってしまえば、わりとおなじみのものが多いのだが、ほんとうのおもしろさは、おそらく細部に宿っているのだろう。それを賞味するには、とりあえず全訳を読むのがなによりの早道なのだが、この小さな文庫本が、そのための足がかりのひとつとなれば幸いである。

個人的には、このところ『西遊記』づいているようで、二〇一九年に『西遊記―妖怪たちのカーニヴァル』（慶応義塾大学出版会）を刊行したかと思ったら、二〇二二年には児童書としてリライトした『西遊記』（小学館世界J文学館、電子書籍）を書き、こんどは本書だ。いずれも『西遊記』の紹介、ダイジェスト版の提供が使命である。こうして何度か『西遊記』の原著を読みなおしてみると、厭（あ）きるどころか、わからないところがまだまだあることも思い知り、新たにおもしろい表現だなあと気づくこともあった。

本書を執筆するにあたって、株式会社KADOKAWA学芸ノンフィクション編集部の伊集院元郁(いじゅういんもとふみ)氏と井上直哉氏からは、企画の段階から刊行にいたるまで、巨細にわたり適切なアドバイスをいただいた。また、同僚の田村容子(たむらようこ)氏(北海道大学大学院・文学研究院)には、原稿を通読していただき、貴重な意見をたまわった。校正は白酒公主(バイチウゴンチユ)さんのお世話になった。みなさんには、この場を借りて謝意を表したい。

二〇二三年十二月　札幌にて

武田雅哉

ブックガイド

【邦訳】

太田辰夫・鳥居久靖共訳『西遊記』（中国古典文学大系、一九七一〜七二／奇書シリーズ、一九七二、平凡社）〜『西遊真詮』による全訳。

中野美代子訳『西遊記』（岩波文庫、二〇〇五、岩波書店）〜『李卓吾先生批評西遊記』による全訳。

【児童むけ邦訳】

伊藤貴麿訳『新訳西遊記』（一九四二、童話春秋社）

伊藤貴麿訳『西遊記』（岩波少年文庫、一九五五、岩波書店）

君島久子訳『西遊記』（一九七六、福音館書店）

武田雅哉訳『西遊記』（小学館世界J文学館、二〇二二、小学館）

【関連書の邦訳】

慧立・彦悰著、長澤和俊訳『玄奘三蔵　西域・インド紀行』（講談社学術文庫、一九九八、講談社）〜『大唐大慈恩寺三蔵法師伝』の邦訳。

水谷真成訳『大唐西域記』（中国古典文学大系、一九七一、平凡社）
太田辰夫訳、磯部彰解題『大倉文化財団蔵　宋版　大唐三蔵取経詩話』（一九九七、汲古書院）～『大唐三蔵取経詩話』の影印と邦訳。

【研究書など】

磯部彰『『西遊記』形成史の研究』（一九九三、創文社）
磯部彰『『西遊記』受容史の研究』（一九九五、多賀出版）
磯部彰『『西遊記』資料の研究』（二〇〇七、東北大学出版会）
磯部彰『旅行く孫悟空――東アジアの西遊記』（二〇一一、塙書房）
大木康『明末江南の出版文化』（二〇〇四、研文出版）
太田辰夫『西遊記の研究』（一九八四、研文出版）
武田雅哉『猪八戒の大冒険』（一九九五、三省堂）
武田雅哉『猪八戒とあそぼう！』（二〇〇二、歴史民俗博物館振興会）
武田雅哉『『西遊記』――妖怪たちのカーニヴァル』（二〇一九、慶應義塾大学出版会）
中野美代子『孫悟空の誕生―サルの民話学と「西遊記」―』（岩波現代文庫、二〇〇二、岩波書店）

中野美代子『西遊記の秘密―タオと煉丹術のシンボリズム―』（岩波現代文庫、二〇〇三、岩波書店）
中野美代子『西遊記―トリック・ワールド探訪―』（岩波新書、二〇〇〇、岩波書店）
中野美代子『『西遊記』XYZ―このへんな小説の迷路をあるく』（講談社選書メチエ、二〇〇九、講談社）
＊中野美代子氏は、これ以外にも『西遊記』に関する多くの本を書いています。

【訳出に用いたおもなテキスト】

『李卓吾先生批評西遊記』（二〇一八、廣陵書社）
『西遊記整理校注本』（李洪甫整理校注、二〇一三、人民出版社）
『西遊記』（中華経典小説注釈系列、李天飛校注、二〇一四、中華書局）
『李卓吾批評本　西遊記校注』（徐少知校、周中明・朱彤注、一九九六、里仁書局）

ビギナーズ・クラシックス 中国の古典

西遊記

武田雅哉＝編

令和6年 2月25日 初版発行

発行者●山下直久

発行●株式会社KADOKAWA
〒102-8177 東京都千代田区富士見2-13-3
電話 0570-002-301（ナビダイヤル）

角川文庫 24050

印刷所●株式会社暁印刷
製本所●本間製本株式会社

表紙画●和田三造

ISBN 978-4-04-400742-3 C0198

◇◇◇

角川文庫発刊に際して

角川源義

第二次世界大戦の敗北は、軍事力の敗北であった以上に、私たちの若い文化力の敗退であった。私たちの文化が戦争に対して如何に無力であり、単なるあだ花に過ぎなかったかを、私たちは身を以て体験し痛感した。西洋近代文化の摂取にとって、明治以後八十年の歳月は決して短かすぎたとは言えない。にもかかわらず、近代文化の伝統を確立し、自由な批判と柔軟な良識に富む文化層として自らを形成することに私たちは失敗して来た。そしてこれは、各層への文化の普及滲透を任務とする出版人の責任でもあった。

一九四五年以来、私たちは再び振出しに戻り、第一歩から踏み出すことを余儀なくされた。これは大きな不幸ではあるが、反面、これまでの混沌・未熟・歪曲の中にあった我が国の文化に秩序と確たる基礎を齎らすためには絶好の機会でもある。角川書店は、このような祖国の文化的危機にあたり、微力をも顧みず再建の礎石たるべき抱負と決意とをもって出発したが、ここに創立以来の念願を果すべく角川文庫を発刊する。これまで刊行されたあらゆる全集叢書文庫類の長所と短所とを検討し、古今東西の不朽の典籍を、良心的編集のもとに、廉価に、そして書架にふさわしい美本として、多くのひとびとに提供しようとする。しかし私たちは徒らに百科全書的な知識のジレッタントを作ることを目的とせず、あくまで祖国の文化に秩序と再建への道を示し、この文庫を角川書店の栄ある事業として、今後永久に継続発展せしめ、学芸と教養との殿堂として大成せんことを期したい。多くの読書子の愛情ある忠言と支持とによって、この希望と抱負とを完遂せしめられんことを願う。

一九四九年五月三日

角川ソフィア文庫ベストセラー

水滸伝
ビギナーズ・クラシックス 中国の古典
編／小松 謙

権力に反抗する一〇八人の豪傑たち。困難を乗り越えて「梁山泊」に集い、そして闘いへと身を投じていく。死闘の後に待ち受けていたものとは——。『金瓶梅』や『八犬伝』を生み出した長大な物語を一冊に凝縮！

三国志演義 1
羅 貫 中
立間祥介＝訳

二世紀末、宦官が専横を極め崩壊寸前の漢王朝。劉備、関羽、張飛の三豪傑が乱世を正すべく義兄弟の契りを結び立ち上がる——。NHK人形劇で人気を博した立間祥介訳で蘇る壮大なロマン！

三国志演義 2
羅 貫 中
立間祥介＝訳

曹操に大敗した劉備玄徳、稀代の策士・諸葛孔明を三顧の礼をもって軍師に迎え、ついに赤壁の戦いへ——。孔明、七星壇を築いて東風を起こし、八十万の曹操軍が火の海に包まれる！ 怒濤の第二巻。

三国志演義 3
羅 貫 中
立間祥介＝訳

ついに劉備は蜀を獲得するが、関羽と張飛を失い悲嘆に暮れる——。魏では曹丕が帝位を奪い、英傑たちの思いを受け継いだ次世代による戦いの幕が開ける。NHK人形劇で人気を博した立間祥介訳で蘇る壮大なロマン！

三国志演義 4
羅 貫 中
立間祥介＝訳

劉備の悲願を受け継いだ諸葛亮は「出師の表」を奉呈し北伐へ挑む。魏では司馬一族が実権を握り、晋によってついに天下は統一へ——。歴史超大作ここに完結！ NHK人形劇で人気を博した立間祥介訳で蘇る壮大なロマン！

角川ソフィア文庫ベストセラー

論語
ビギナーズ・クラシックス 中国の古典
加地伸行

孔子が残した言葉には、いつの時代にも共通する「人としての生きかた」の基本理念が凝縮され、現代人にも多くの知恵と勇気を与えてくれる。はじめて中国古典にふれる人に最適。中学生から読める論語入門！

李白
ビギナーズ・クラシックス 中国の古典
筧久美子

大酒を飲みながら月を愛で、鳥と遊び、自由きままに旅を続けた李白。あけっぴろげで痛快な詩は、音読すれば耳にも心地よく、多くの民衆に愛されてきた。豪快奔放に生きた詩仙・李白の、浪漫の世界に遊ぶ。

杜甫
ビギナーズ・クラシックス 中国の古典
黒川洋一

若くから各地を放浪し、現実社会を見つめ続けた杜甫。日本人に愛され、文学にも大きな影響を与え続けた「詩聖」の詩から、「兵庫行」「石壕吏」などの長編を主にたどり、情熱と繊細さに溢れた真の魅力に迫る。

唐詩選
ビギナーズ・クラシックス 中国の古典
深澤一幸

漢詩の入門書として最も親しまれてきた『唐詩選』。李白・杜甫・王維・白居易をはじめ、朗読するだけで風景が浮かんでくる感動的な詩の世界を楽しむ。初心者にもやさしい解説とすらすら読めるふりがな付き。

貞観政要
ビギナーズ・クラシックス 中国の古典
湯浅邦弘

中国四千年の歴史上、最も安定した唐の時代「貞観の治」を成した名君が、上司と部下の関係や、組織運営の妙を説く。現代のビジネスリーダーにも愛読者の多い、中国の叡智を記した名著の、最も易しい入門書！